窗前的母亲

肖复兴 著

北京联合出版公司

图书在版编目（CIP）数据

窗前的母亲 / 肖复兴著. -- 北京 ：北京联合出版公司，2025.3. -- ISBN 978-7-5596-7851-5

Ⅰ．I247.7

中国国家版本馆CIP数据核字第2024PH2438号

窗前的母亲

作　　者：肖复兴
出 品 人：赵红仕
责任编辑：夏应鹏
封面设计：吴黛君

北京联合出版公司出版
（北京市西城区德外大街83号楼9层 100088）
北京新华先锋出版科技有限公司发行
三河市中晟雅豪印务有限公司印刷　新华书店经销
字数157千字　620毫米×889毫米　1/16　12印张
2025年3月第1版　2025年3月第1次印刷
ISBN 978-7-5596-7851-5
定价：49.00元

版权所有，侵权必究
未经书面许可，不得以任何方式转载、复制、翻印本书部分或全部内容。
本书若有质量问题，请与本社图书销售中心联系调换。电话：（010）88876681-8026

目录

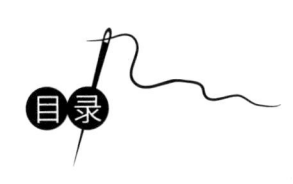

第一辑　　　　绉纱馄饨

少年护城河　　　　002

无花果　　　　　　006

被月光抱住　　　　010

绉纱馄饨　　　　　014

远航归来　　　　　017

美术日记　　　　　023

花间补读未完书　　028

粥滋味　　　　　　032

孙子流年　　　　　034

第二辑　　　　一片幽情

一片幽情冷处浓　　038

独草莓　　　　　　041

核桃酪　　　　　　044

姐　姐　　　　　　047

第三辑　　　　窗前的母亲

花边饺　　　　　　056

苦　瓜　　　　　　059

母亲的月饼	061
蓝围巾	063
酸　菜	067
豆包儿	069
荔　枝	072
母亲的学问	075
佛手之香	078
春节写给母亲的信	081
温暖的劈柴	084
窗前的母亲	086
母亲与莫扎特	089
油条佬的棉袄	092
娘的四扇屏	095
生命不仅属于自己	099
四个五角粽	101
母　亲	104

第四辑　　父亲和信

父亲和信	136
又想起父亲	142
清明忆	145
父　亲	148

第一辑 绉纱馄饨

我望了一眼锅里,西红柿的红、紫菜的紫、香菜的绿、汤的白,再加上皮薄如纸、皱褶似花的馄饨里肉馅的粉嘟嘟颜色,交错在一起,好看得像一幅水墨画,是满盘饺子没有的色彩和模样。

少年护城河

在我童年住的大院里,我和大华曾经是死对头。原因其实很简单,大华倒霉就倒霉在他是一个私生子,一直跟着小姑过。他的生母在山西,偶尔会来北京看看他,但谁都没有见过他的爸爸,他自己也没见过。这一点,是公开的秘密,大院里的大人孩子都知道。

当时,学校里流行一首名字叫《我是一个黑孩子》的歌,其中有这样一句歌词:"我是一个黑孩子,我的祖国在黑非洲。"我改一改词儿:"我是一个黑孩子,我的家不知在何处……"这里黑孩子的"黑"不是黑人的"黑",而是找不着主儿,即"私生子"的意思。我故意唱给大华听,很快就传开了,全院的孩子见到大华,都齐声唱这句词儿。

现在想一想,小孩子的是非好恶就是这样简单,又是这样偏颇,真的是欺负人家大华。

大华比我高两年级,那时上小学五年级,长得很壮,论打架,我是打不过他的。之所以敢这样有恃无恐地欺负他,是因为他的小姑脾气很烈,管他很严,如果知道他在外面和哪个孩子打架,不问青红皂白，总是要让他先从家里的胆瓶里取出鸡毛掸子，交给她，然后老老实实撅着屁股，结结实实挨一顿揍。

我和大华唯一的一次动手打架，是在一天放学之后。因为被老师留下训话，我走出校门时天已经黑下来。从学校到我们大院，要经过一条胡同，胡同里有一块刻着"泰山石敢当"的大石碑。由于胡同里没有路灯，漆黑一片，经过那块石碑的时候，突然从后面蹿出一个人影，如同饿虎扑食一般把我按倒在地上，然后，一通拳头如雨，打得我鼻肿眼青，鼻子流出了血。等我从地上爬起来，人影早不见了。但我知道，除了大华外，不会是别人。

我们之间的仇，因为一句歌词，也因为这一场架，算是打上一个死结了。从那以后，我们彼此再也不说话，即使迎面走过，也像不认识一样，擦肩而过。

没有想到，第二年，也就是大华小学毕业升入中学那一年夏天，我的母亲突然去世了。父亲回老家沧县给我找了一个后妈。一下子，全院的形势发生了逆转，原来跟着我一起冲着大华唱"我是一个黑孩子，我的家不知在何处"的孩子们，开始齐刷刷地对我唱起他们新改编的歌谣："小白菜呀，地里黄哟；有个孩子，没有娘哟……"

我发现，唯一没有对我唱这个歌的，竟然是大华。这一发现，让我有些吃惊，想起一年多前，我带着一帮孩子，冲着他大唱"我是一个黑孩子，我的家不知在何处"，心里有些愧疚，觉得那时候太不懂事，太对不起他。

我很想和他说话，不提过去的事，只是聊聊乒乓球，说说刚刚夺得世界冠军的乒乓球明星庄则栋，就好了。好几次，大家碰到一起，却还是开不了口。再次擦肩而过的时候，我看见他的眉毛往上挑一挑，嘴唇动了动，我猜得出，他也开不了口。或许，只要谁先开口，一下子就冰释前嫌了。小时候，自尊的脸皮，就是那样地薄。

一直到我上中学，和他一所学校，参加了学校的游泳队，一周有两次训练，由于他比我高两年级，老师指派他教我总也学不规范的仰泳动作，我们这才第一次开口说话。这一说话，就像开了闸的水，止不住地往下流，从当时的游泳健将穆祥雄，到毛主席畅游长江。过去那点儿事，就像沙子被水冲得无影无踪，我们一下子成为无话不说的好朋友。童年的心思，有时窄小如韭菜叶，有时又是这样没心没肺，把什么事都抛到脑后。只是，我们都小心翼翼，谁也不去触碰往事，谁也不去提私生子或后妈这令人厌烦的词眼儿。

大华上高一的那年春天，他的小姑突然病故，他的生母从山西赶来，要带着他回山西。那天放学回家，刚看见他的生母，他扭头就跑，一直跑到护城河边。那时，穿过北深沟胡同就到了护城河，很近的道。他的生母，还有大院好多人都跑过去，却只看见河边上大华的书包和一双白力士鞋，不见他的人影。大家沿河喊着他的名字，一直喊到晚上，也没能见到他的人影。街坊们劝大华的生母，兴许孩子早回家了，你也回去吧。大华的生母回家了。但还是没见大华的人影。大华的生母一下子就哭了起来，大家也都以为大华是投河自尽了。

我不信。我知道大华的水性很好，他要是真的想不开，也不会选择投水。夜里，我一个人又跑到护城河边，河水很平静，没有一点儿波纹。我在河边站立很久，突然，我憋足一口气，双手在嘴边围成一个喇叭，冲着河水大喊一声："大华！"没有任何反应。我又喊第二声："大华！"只有我自己的回声。心里悄悄想，事不过三，我再喊一声："大华，你可一定得出来呀！"我第三声"大华"落地，依然没有回应，一下子透心凉，我一屁股坐在地上，再也忍不住，哇哇地哭了。就在这时候，河水有哗哗的响声，一个人影已经游到河中心，笔直地向我游来。我一眼看出来，那是大华！

我知道，我们的友情，从这时候才真正地开始。直到现在，只要我们彼此谁有点儿什么事情，不用开口，就像真的有什么心灵感应，有仙人指路一样，保证对方会在第一时间出现在面前。别人都会觉得过于神奇，我们两人都相信，这不是什么神奇，是真实的存在。这个真实就是友情。罗曼·罗兰曾经讲过，人的一辈子不会有那么多所谓的朋友，真正的朋友，一个就足够。

无花果

在我们大院里，景家爱侍弄一些花花草草。有一年春天，景家的孩子送来一盆植物，我不认识是什么，只见花盆挺大的，那植物长得有半人多高，铺铺展展的大叶子，挺招人的。

景家屋前有一道宽敞的廊檐，他们家的花花草草，大盆小盆，都摆在廊檐下面，一年四季，除了冬天，花开花落不间断。他们家的廊檐下，简直就成了一道花廊，春天常常招惹蜜蜂蝴蝶在那里飞舞。

唯独这盆新来的植物不开花。我想，它可能不像桃花在春天开花。可是，都快过了夏天，它还是不开花，就像一个人咬紧嘴唇就是不说话一样。我想，它可能像菊花一样，得到秋天才开花吧？这个想法，遭到我们大院九子的嘲笑。九子比我大一岁半，高一个年级，那时候，暑假过后，他就要读四年级了，自以为比我懂得多，远远地指着景家这盆植物，对我说："知道吗？这叫无花果！不开花，只结果！"

无花果，我听说过，却是第一次见到。果然，暑假过后，景家的这盆无花果，在叶子间像藏着好多小精灵一样，开始结出了小小的圆嘟嘟的青果子，一颗颗地蹦了出来。

景家原来是个做小买卖的人家，有两个孩子，都各自成家，一个在外地，一个在北京，偶尔过来看看，景家只住着老两口，这些花花草草，就是老两口的伴儿，每天侍弄它们，给老两口找来很多的乐儿。

景家无花果的果子越长越大，颜色由青变得有些发紫的时候，九子找到我，远远地指着景家廊檐下的无花果，问我："你吃过无花果吗？"我摇摇头，然后问他："你吃过吗？"他也摇摇头。那时候，住在我们大院里的，大多都是穷孩子，像我，以前见都没见过无花果，这是稀罕物，谁能有福气吃过呢？

"你敢不敢跟着我一起去景家摘几个无花果吃？"九子这样问我。我睁大了眼睛，刚说："这不成偷了吗？我妈该……"他就立刻打断我的话："就知道你不敢！胆子小得像耗子！"说罢转身就跑走了。

第二天，在大院门口，我见到九子，他很得意地对我说："可好吃了！可惜，你没有尝到，那味道，怎么说呢？特甜，还特别的软，里面还有籽儿，特别有嚼劲儿，有股说不出的香味！"说心里话，说得我心里怪痒痒的，馋虫一下子被逗了出来。"后悔了吧？让你昨天跟我一起摘，你不去！"九子说着风凉话。

晚上，九子来我家，把我叫出屋，说："我还是真的又想无花果的味儿了，真的好吃，敢不敢跟我去景家？跟你说，天黑，他们根本看不见咱们！"

要说小时候真的是馋，神不知鬼不觉，我跟着九子溜到景家屋前。窗子里灯光幽暗，廊檐下更是黑乎乎一片，偷偷摘下几颗无花果，真的是谁也发觉不了。可是，我和九子猫着腰在廊檐下转了一圈，没有看见那盆无花果。我心里想，肯定是昨天九子没少偷摘，让景家老两口发现了，把无花果搬进屋里了。

果然，九子趴在门口，伸手招呼我，我走过去一看，无花果真的搬进了屋里，正在景家外屋的客厅的地上。九子轻轻地对我说了句：

"门没锁，你给我看着点儿，我溜进去，给你摘两个无花果就出来。"说完，他把门推开一条缝儿，像狸猫一样钻了进去，不知道碰到什么东西了，就听"哗啦"一声，惊动了景家老两口，拉亮了电灯，我和九子，一个在门内，一个在门外，灰溜溜地出现在景家老两口惊讶的目光之下。那天晚上，我和九子的屁股都各自挨了家长的一顿鞋底子。

在以后好几年的时间里，我几乎都忘记了无花果。一直到"文化大革命"爆发之后，秋天，我到南方大串联回来，九子找到我，递给我几个乒乓球一样大小的圆嘟嘟的青中带紫的果子，对我说："知道这是什么吗？"我认出来了，是无花果，问他："哪儿弄来的？"他得意地说："甭问哪儿弄来的，是特意给你留的，尝尝吧！"我一口气吃了两口，里面是有籽儿，但特别的小，哪里像他说的那么香，还特别有嚼劲儿。那时，我才知道，其实，九子和我一样，小时候也没吃过无花果，一直到这时候才第一次吃这玩意儿。

我不知道的是，就在我去南方大串联的时候，九子跟着一帮红卫兵抄了景家的家。真的有些匪夷所思，他去抄景家的家，就是为了吃人家的无花果。

那天半夜，我闹肚子，上吐下泻，没有办法，我爸把我送到医院看急诊。大夫问我："白天吃什么东西了？"我说："没吃什么呀！"再一想，是吃了无花果。

不知道为什么，从那以后，我只要一吃无花果，一准儿闹肚子。有一年，已经是过去三十多年以后的事了，在新疆库车的集市上，看到卖无花果的，那无花果又大又甜，禁不住诱惑，吃了两个，夜里就开始上吐下泻，而且发起烧来。

后来，读美国植物学家迈克尔·波伦所著的《植物的欲望》一书。我惊讶地看到他说，植物与我们人类有一种亲密互惠关系，我们人类自己也是植物物种的设计和欲望的对应物。这实在是大自然的神奇，也是命运对于人类惩戒的象征。

从此以后，我再也不敢吃无花果。我已经好多年没见九子了，不知道他还敢不敢再吃无花果。

被月光抱住

德智是我的发小,从小学到如今,一起度过了六十多年的漫长时光。一晃,从小孩子就晃荡到了白发苍苍。

春天又来了。德智在微信里说,要快递给我一罐"太平猴魁"新茶。我说,别寄了,明天要有空,咱们在天坛碰面吧。

上一次碰面,也在天坛,同样刚开春。转眼过去整整两年。会朋友,或有人找,一般,都会约在天坛。天坛,成了我的"私家会客厅"。满园古树,迎面清风,何不快哉!

小时候,我和德智两家离天坛都很近,常来这里玩,不是捉蛐蛐,就是捉迷藏。如今,各自搬家,远了,但到天坛来还是轻车熟路。到的时候,看见德智正沿着东门内的长廊里来回走,东张西望,在寻摸我呢。两年前,也是他先到,想来,让我惭愧。

一块儿坐在长廊里闲聊,多日不见,话自然稠起来。上午的阳光很暖,长廊里,来来往往的游人,倚靠着红柱旁晒太阳的人不少,毕竟春天到了。

德智从小喜欢书法,他曾送我一本颜体字帖,又送笔和纸,希望我也练练。字帖和笔纸都落满灰尘,我始终也没染指去练,尽管身旁有老师。一个人的爱好是天生的,与生俱来的,如同风吹动水的涟漪或树的枝叶,是自然而然形成,所谓落花流水,蔚为文章,不像是车船,需要外力的推动。

高中毕业,我去了北大荒,德智被分配到北京市肉联厂,炸丸子。六年之后,我调回北京教书,他还在肉联厂,围着一口硕大无比的大锅炸丸子。我笑他,天天可以吃丸子,多美呀。他说:天天闻着这味儿,早就想吐了。

那时,我正在创作一部长篇小说,取名叫《希望》,每天下课回家写一段,晚上到他家那间只能放一张床和一张小桌的小屋,得意洋洋地读上一段。他认真听完,然后,给我看他写的毛笔字。就这样,上下半场交换位置,比试武艺,相互鼓励。30万字的小说写完了,最后,也没有任何希望,成了一堆废纸。他写了一幅大大的横幅楷书,贴在他屋的墙上:风景这边独好。

坐在长廊的椅子上,天马行空,东聊西聊,忽然,德智问我:"张书范,你认识吗?"

我知道这个人,书法家,楷书写得不错,当过北京书法家协会的副主席。

德智说:"有一次,偶然间,我写的一幅小楷让张书范看见了,连问是谁写的。知道是我写的之后,他问:你加入书协了吗?我说没有。他立刻叫人找了一份入会申请表给我。我就这么加入了北京书协,完全靠人家张书范的举荐呀。"

我说:"也是你写得好,才会有张书范的慧眼识金。"

德智连连摆摆手说:"以前,我根本不认识人家;往后,再也没见过人家。你看,我入会,没送过一点儿礼,太简单了吧。"

我说:"好多事情,就应该这样简单。现在,有些地方,风气不正,才闹得复杂了。"

德智轻轻叹了口气,说:"你说得对,正因为这样,我一直想感谢人家,这么多年过去了,一直惦记着这事。"

我笑着对德智说:"他早就退休了。也许,早忘了这件事呢。"

德智瞅瞅我说:"我可没忘啊。"

有些事情,有人觉得小,有人觉得大;有人牢牢记住,能记一辈子,有人却很快就忘得干干净净,一般还会赖时间无情。其实,并非人的记忆力有好有坏,反倒是记忆有选择性。

和德智分手,我在天坛又转了一圈,走到祈年殿前,忽然想起,刚读诗人李南的一首短诗《半夜醒来》:

有一句诺言,
至今也没有兑现;
有一个人,
想忘也忘不掉;
有一本书,
始终没有读懂它的真谛;
有一处风景,
盘踞在旅途的尽头;
有一只流浪狗,
风雨中没能带它回家;
有一件往事,
改变了今生航向;
半夜醒来,
只见窗外月光涌进,
紧紧地把我抱住。

其实，并非任何人半夜醒来，都会被月光紧紧抱住的。我想，德智会的。半夜醒来，明澈澄净的月光，总会把他紧紧地抱住……

绉纱馄饨

北京普通人家，一般爱吃饺子，以前很少吃馄饨。我第一次吃馄饨，是上初中之后，和同学一起在珠市口路北一家饭馆里，饭馆紧靠着清华浴池，对面是开明老戏园，那时改名叫珠市口电影院。我们就是晚上看完电影，到这里每人吃了一碗馄饨。

这是家小店，夜宵专卖馄饨。比起饺子，馄饨皮很薄，但馅儿很少，觉得馄饨是样子货，还是馅儿大肉多的饺子吃起来更痛快。

这样的印象被打破，是吃到了我们大院里梁太太包的馄饨之后。梁太太一家是江苏人，梁太太包的馄饨，在我们大院是出了名的。我很小的时候，就听院里街坊议论过梁太太的馄饨，说她做的馄饨皮，加了淀粉和鸡蛋，薄得如纸似纱，对着太阳或灯，能透亮。而且，馄饨皮捏出来的皱褶，呈花纹状，一个小小的馄饨，简直像一朵朵盛开的花，不吃，光是看，就让人爽心悦目，像艺术品。

梁太太自己说，这种馄饨，在她家乡几乎每个人家都会包，人们称作绉纱馄饨。我从来没有见过梁太太包的这样精美绝伦的馄饨，都是听街坊们这样说，只有想象而已。心里想，梁家有钱，自然吃的要比一般人家讲究得多。

那时候,梁太太很年轻,她的女儿只有四五岁,比我小两岁。梁先生在银行上班,梁太太不工作,在家里相夫教女。据说,梁先生最爱吃馄饨,所以梁太太才常常要包馄饨。特别是梁先生加夜班的时候,梁太太的馄饨更是必不可少。每次梁先生吃馄饨的时候,她女儿也要跟着吃,也爱吃得不得了。绉纱馄饨,成了她家经常上演的精彩保留节目。

读高一的秋天,下乡劳动,我突然拉稀不止,高烧不退。同学赶着一辆驴车,连夜把我从郊区乡间送回北京。在医院里打完针吃了药,回到家之后,一连几天,烧还是不退,浑身虚弱,什么东西都吃不下去,没有一点儿胃口。母亲吓坏了,和街坊们说,想求得什么法子,可以让我吃下东西。"人是铁饭是钢,不吃东西,这病怎么好啊!"母亲念叨着。街坊们好心出了许多主意。

这天晚上,梁太太来到我家,手里端着一个小钢精锅,打开一看,满满一锅馄饨。梁太太对母亲说:"给孩子尝尝,我特意在汤里点了些醋,加了几片西红柿,开胃的,看看孩子能不能吃一些?"

母亲谢过梁太太,转身找大碗,想把馄饨倒进碗里,好把钢精锅还给梁太太。梁太太摆手说:"不急,不急,来回一折腾,凉了就不好吃了。"说着,转身离去。

母亲用一个小碗盛了几个馄饨,舀了一些汤,递给我。我迷迷糊糊地吃了一个,别说,还真的很好吃,坦率地说,比母亲包的饺子要好吃,馅儿里有虾仁,是吃得出来的,还有什么东西,我就不懂了。总之,很鲜,很香。我喝了一口汤,更鲜,里面不仅放了醋,还有白胡椒粉,真的特别开胃,竟然让我几口就把这碗汤都喝光了。

母亲很高兴,端来锅,又给我盛了一碗。我望了一眼锅里,西红柿的红、紫菜的紫、香菜的绿、汤的白,再加上皮薄如纸、皱褶似花的馄饨里肉馅的粉嘟嘟颜色,交错在一起,好看得像一幅水墨画,是满盘饺子没有的色彩和模样。

病好之后,我还在想梁太太的馄饨,不禁笑自己馋。心想,绉纱馄饨,这个名字取得真是好听。母亲包的饺子,有时也会在饺子皮上捏出一圈圈的小皱褶,我们给它们起名叫作花边饺子,或麦穗饺子,但总觉得没有绉纱馄饨好听。

那时候,梁太太不到四十岁,显得很年轻。她女儿刚上初二,虽然和我不在同一所学校,毕竟在大院里一起长大,彼此朋友一样很熟悉。现在想想,有些遗憾的是,再也没有吃过梁太太的绉纱馄饨。

1968年夏天,我去北大荒。冬天,梁太太的女儿到山西插队,和我家只剩下了老两口儿一样,她家也剩下了梁太太和梁先生相依为命。

六年过后,我从北大荒调回北京当老师,是大院里插队那一拨孩子里最早回来的。梁太太见到我,很羡慕。我知道,她女儿还在山西农村,自然希望女儿也能早点儿回来。

回北京一年半之后,我搬家离开大院,临别前一天下午,我去看望梁太太,发现她苍老了许多。算一算,那时候,她应该才五十来岁。我去主要是安慰她,知青返城的大潮已经开始了,她女儿回北京是早晚的事。她坐在那里,痴呆呆地望着我,半天没有说话。我要出门的时候,她才忽然站起来对我说:"晚上到我家吃晚饭吧,我给你包绉纱馄饨。"

晚上,我去她家,她并没有包绉纱馄饨,神情恍惚,忘记了馄饨的事。

事过好几年之后,我听老街坊讲,那时候,她女儿已经在山西嫁给当地农民两年多了。

远航归来

不知为什么，最近一些日子，总想起王老师。王老师，是我的小学老师，虽然已经过去了整整六十年，我还清楚记得他的名字叫王继皋。

王老师是我们班语文课的代课老师。那时候，我们的语文任课老师病了，学校找他来代课。他第一次出现在教室门口，全班同学好奇的目光，就聚光灯一样集中在他的身上。他梳着一个油光锃亮并高耸起来的分头，身上穿着笔挺的西装裤子，白衬衣塞在裤子里面，很精神的打扮。关键是脚底下穿着一双皮鞋格外打眼，古铜色，鳄鱼皮，镂空，露着好多花纹编织的眼儿。

从此，王老师在我们学校以时髦而著称，常引来一些老师的侧目，尤其是那些老派的老师不大满意，私下里议论：校长怎么把这样一个老师给弄进学校来，这不是误人子弟嘛！

显然，校长很喜欢王老师，因为他有才华。王老师确实有才华。他的语文课，和我们原来语文老师教课最大的不同，是他每一节课都要留下十多分钟的时间，为我们朗读一段课外书。这些书，都是他事先准备好带来的，他从书中摘出一段，读给我们听。书中的内容，我都记不清楚了，但每一次读，都让我入迷。这些和语文课本不一样的内容，带给我很多新鲜的感觉，让我想入非非，充满好奇和向往。

不知别的同学感觉如何，我听他朗读，总觉得像是从电台里传出来的声音，经过了电波的作用，有种奇异的效果。那时候，电台里常有小说连播和广播剧，我觉得他的声音，有些像电台广播里常出现的董行佶。爱屋及乌吧，好长一阵子，我喜欢听人艺演员董行佶的朗诵。私底下，我模仿着王老师的声音，也学着朗诵。有一次，我参加学校组织的朗诵比赛，选了一首袁鹰写的《密西西比河，有一个黑人的孩子被杀死了》，班主任老师找王老师指导我。他很高兴，记得那天放学后在教室里，一遍一遍辅导我，他很兴奋，我也很兴奋。离开校园，天都黑了，满天星星在头顶怒放，感觉是那样美好。我喜欢文学，很大一方面，应该来自王老师教给我的这些朗诵。

王老师朗读的声音非常好听，他的嗓音略带沙哑，用现在的话说，是带有磁性。而且，他朗读的时候，非常投入，不管底下的学生有什么反应，他都沉浸其中，声情并茂，忘乎所以。有时候，同学们听得入迷，教室里安静得很，他的声音在教室里水波一样有韵律地荡漾。有时候，同学们听不大懂，有调皮的同学开始不安分，故意出怪声，或成心把铅笔盒弄掉到地上。他依旧朗读他的，沉浸在书中的世界，也是他自己的世界里。

王老师的板书很好看，起码对于我来说，是见到的老师里字写得最好看的一位。他头一天给我们上课，先介绍自己的名字的时候，转身用粉笔在黑板上写下了"王继皋"三个大字，我就觉得特别好看。我不懂书法，只觉得他的字写得既不是那种龙飞凤舞的样子，也不是教我大字课的老师那种毛笔楷书一本正经的样子，而是秀气中带有点儿潇洒劲头。我从没有描过红模子，也从来没有模仿过谁的字，但是，不知不觉地模仿起王老师的字来了。起初，上课记笔记，我看着他在黑板上写的字的样子，照葫芦画瓢写。后来，渐渐地形成了习惯，写作文，记日记，都不自觉地用的是王老师写的字的样子。这个习惯，一直延续到我读中学，即使到现在，我的字里面，依然存在着王老师的字抹不去的影子。这真是件非常奇怪的事情，一个人对你的影响，竟然可以通过字绵延那么长的时间。

不仅字写得好看，王老师人长得也好看。我一直觉得他有些像当时的电影明星冯喆。那时候，刚看完《南征北战》，觉得特别像，还跟同学说过，他们都不住点头，也说是像，真像。后来，我又看了《羊城暗哨》和《桃花扇》，更觉得他和冯喆实在是太像了。这一发现，让我心里暗暗有些激动，特别想对王老师讲，但没有敢讲。当时，我年龄太小，觉得王老师很大，师道尊严，拉开了距离。其实，现在想想，王老师当时的年龄并不大，撑死了，也不到三十。

王老师给我留下最深的印象，是好几次讲完课文后留下来的那十多分钟，他没有给我们读课外书，而是教我们唱歌。他自己先把歌给我们唱一遍，唱得真是十分好听，比教我们音乐课的老师唱得好听多了。沙哑的嗓音，显得格外浑厚，他唱得充满深情。全班同学听他唱歌，比听他朗诵要专注，就是那几个平时调皮捣蛋的同学，也抱着脑袋听得入迷。

不知道别的同学是否还记得，我到现在仍然记忆犹新。王老师教我们唱的歌的歌名叫作《远航归来》。我到现在还清楚地记得那里面的每一句歌词：

祖国的河山遥遥在望，
祖国的炊烟招手唤儿郎。
秀丽的海岸绵延万里，

银色的浪花也叫人感到亲切甜香。
祖国，我们远航归来了，
祖国，我们的亲娘！
当我们回到你的怀抱，
火热的心又飞向海洋……

这首歌不是儿童歌曲，但抒情的味道很浓，让我们很喜欢唱，好像唱大人唱的歌，我们也长大了好多。全班一起合唱，响亮的声音传出教室，引来好多老师，都奇怪怎么语文课唱起歌来了。

一连好几次的语文课上，王老师都带我们唱这首歌，每一次唱得我都很激动，仿佛真的像一名水兵远航归来，尽管那时我连海都没有见过，也觉得银色的浪花和秀丽的海岸就在身边。我还发现，每一次唱这首歌的时候，王老师比我还要激动，眼睛亮亮的，好像在看好远好远的地方。

没有想到，王老师教完我们这首歌没几天，就离开了学校。那时候，我还天真地想，王老师教课这么受我们学生的欢迎，校长又那么喜欢他，兴许时间一长，他就可以留在学校里，当一名正式的老师。

我们的语文任课老师病好了，重新回来教我们。我当时心想，他的病怎么这么快就好了呢？王老师在课上，没有说一句告别的话，甚至连他就要不教我们的意思都没有流露，就和我们任课老师完成了交接班的程序。甚至根本不需要什么程序，像一阵风吹来了，又吹过去了，了无痕迹。那一天语文课，忽然看见站在教室门前的是我们的任课老师，不再是王老师，心里忽然像是被闪了一下，有点儿怅然若失。

当然，那时，我们所有的同学都还是孩子，王老师没有必要将他的人生感喟对我们讲。我总会想，王老师那么富有才华，为什么只是一名代课老师呢？短暂的代课时间之后，他又会去做什么呢？当时，我还太小，无法想象，也没有什么为王老师担忧的，只是觉得有些遗憾。但是，时过境迁之后，越来越知道了一些世事沧桑和人生况味，对王老师的想象在膨胀，便对王老师越发怀念。

整整六十年过去了，这首《远航归来》，还常常会在耳边回荡。这首歌，几乎成了我的少年之歌，成了王老师留给我难忘而带有特殊旋律的定格。

长大以后，读苏轼那首有名的诗"人生到处知何似，应似飞鸿踏雪泥。泥上偶然留指爪，鸿飞那复计东西"，会想起王老师。他教我不到一学期，时间很短，印象却深。鸿飞不知东西，但雪泥留下的指爪印痕，却是一辈子抹却不掉的，这便是一名好老师留给孩子的记忆，更是对于孩子的影响和作用。

我以为我不会再见到王老师了。没有想到，初三毕业的那年暑假，我在新认识不久的一个高三的师哥家，竟然意外见到了王老师。

他家离我家不远，是一个三进三出的大四合院。那时，学校有一块墙报叫《百花》，每月两期，上面贴有老师和学生写的文章，我的这位师哥的文章格外吸引我，他成为我崇拜的偶像。我到他家，是他答应借书给我看。记得那天他借我的是李青崖译的上下两册《莫泊桑短篇小说选》。他向我说起了王老师的事情，因为出身资本家，王老师没有考上大学，以为是考试成绩不够，他不服气，又一连考了两年，都以失败告终。不仅因为没有考上大学，还因为他出身不好，又好打扮，便也没给他分配工作，他只能靠临时打工谋生，最后，家里几番求人颠簸，好不容易分到南口农场当了一名农场工人。然后，他又对我说，他喜欢文学，也是受到了王老师的影响。

我见到王老师的时候，他正坐在一个小马扎上，在他家的门前一片猩红色的西番莲花丛旁乘凉。我一眼认出他来，走上前去，叫了一声：王老师！他眨着迷惑不解的眼睛，显然没有认出我来。我进一步解释：您忘了？第三中心小学，您代课，教我们语文？他想起来了，从小马扎上站起来，和我握手。我才发现，他是挂着一个拐杖站起身来的。我师哥对我说：是在农场山上挖坑种苹果树的时候，石头滚下来，砸断了腿。他摆摆手，对我说：没事，快好了。

那一刻，小学往事，一下子兜上心头，我好像有一肚子话要说，却什么也说不出来。他看见我手里拿着的书，问我：看莫泊桑呢？我所答非所问地说：我还记得您教我们唱的《远航归来》呢。他忽然仰头笑了起来。我们就这样告别了。那以后，我好久都不明白，说起《远航归来》，他为什么要那样笑。我只记得，他笑罢之后，随手摘下了一片身边西番莲的花瓣，在手心里揉碎，然后丢在地上。

美术日记

北京前门大街上，有一家公兴文化用品商店，这是一家老店，卖的货物很齐全。我读初一的时候，在那里买了一本美术日记。绒布封面，苹果绿的颜色，里面有很多有名画家画作的彩色插页，外面有一个硬装的精致封套。尽管价钱很贵，咬咬牙，我还是买了下来。那时候，我迷上了作文，除了老师布置的作文，课下，我还写了好多，都抄在这本新买的美术日记里。

上初二那年，教我语文的丁老师找我。丁老师不到三十，大学毕业分配到我们学校。不知道他是从哪儿知道我有这样一本美术日记。他要把我的日记本推荐到学校正在筹备的校史展览。那一年，正是我们学校建校九十周年。这当然是好事，不要说我们班，就是全学校，只有我一个人享受这样的待遇，是一种难得的荣誉呢。我挺兴奋，在丁老师面前，尽量掩饰着，不让丁老师看出来。

校史展览设在一楼教师小会议室里，规模不大，但聚集了学校建校八十年来现存的一些老物件、老照片，比如建校初始用的大铜钟，老校址的教学楼和400米跑道的运动场的黑白照片。还有一张老照片，很醒目,是当年蔡元培先生给学校的题词:"好学近乎智,力行近乎仁,知耻近乎勇。"非常珍贵,是我第一次见。还有一部分是学校八十年间培养出的人才,有科学家,有大学教授,有运动健将,有全国劳动模范,还有在抗日战争中牺牲的英雄,在"一二·九"运动被反动军阀残害的烈士……

展览的最后一部分,是学校近几年的教学成果展示:有学生制作的无线电和航模,有学校篮球队、乒乓球队和合唱队在市里比赛获奖的奖牌奖旗……其中有我的那本美术日记。

展览开幕的当天下午放学之后,我就迫不及待地去参观了。负责展览的是教务处的姚老师,很年轻,刚刚到我们学校。我和她不熟,她可能也不认识我,我可以从容地走到我的这本美术日记前。虽然它放在桌子的一角,在整个展览中很不起眼,还是看得我很激动。一个初二的小学生,能在拥有这样辉煌悠久的校史展览中占有一席之地,怎么能不激动呢?

几天后的一个下午,最后一节课下课,丁老师叫我到他的办公室去一趟。我跟着他穿过长长的楼道,走到办公室。他很和蔼地让我坐下,这样格外的客气,让我有些意外,不知道他找我有什么事情。

他对我说话,一直都是很直率的,这一次,他显得有些吞吞吐吐,望着我半天也没讲话,让我更加有些莫名其妙,心里隐隐发怵。

丁老师终于发话了:"我跟你说件不好的事情。"

我的心一下提到嗓子眼儿,不好的事情,什么不好的事情?我的脑子迅速地翻转了一遍,想不出究竟会是什么不好的事情。

丁老师停顿了一下,接着说:"真的对不起你了!你的那本美术日记本,在校史展览室里丢了。"

真没有想到!我很吃惊,日记本放在校史展览室里,好端端的,为什么会丢呢?每天展览的时候,姚老师都在那里;每天展览室关门后，都是姚老师锁门。怎么会不翼而飞呢？莫非有人破窗而入？还是像《聊斋》里的崂山道士那样能穿墙破壁？

那时候，我的眼睛一定是瞪得跟铜铃一样大，让丁老师看见有些吃惊。他赶紧抱歉地对我说："真是对不起，我知道，日记本里抄录的都是你写的作文，一字一字，一笔一笔，都是你的心血。"

丁老师继续安慰我说："不过，你也别先着急，我想可能是哪个同学拿走了。"他说完这句话，望了我一眼，接着说，"你想呀，肯定是他觉得你的日记本里的作文写得好，要不他怎么会拿走呢？要是这么看，你应该感到高兴才是，你的作文让别的同学羡慕，甚至嫉妒呢！"

丁老师的这番话，我真的没有想到。他这么一说，刚才掠过心头的不快，像被风吹跑了好多。

"这个同学只是想拿回家好好学习学习，过两天，兴许他就会悄悄地再把日记本送回来的。"最后，丁老师这样说。

但是，过了几天，一直到校史展览结束，我的这本日记本也没有被人送回来。

丁老师再一次把我叫到他的办公室，对我说："真的对不起你！本来姚老师要亲自来向你道歉的，但是，校史展览是她负责，她不好意思来。"

日记本反正已经丢了，失而复得的奇迹不会出现了。再说什么也没用，我不敢责备姚老师，只能在心里暗暗地骂那个偷走我日记本的学生，不知道是初中，还是高中的，会不会是我们班的？

丁老师一定不知道这一刻我心里的翻江倒海。他接着对我说："我想对你说的是，你千万不要灰心，一定还是要把你写的作文抄在新的日记本上，那是你刻苦学习的成果，会对你帮助很大的。"

说完这些话后，他忽然话锋一转，对我说起了李时珍来。当时，赵丹演出的电影《李时珍》放映不久，李时珍的模样，在我的眼睛里，就是赵丹的样子。

他问我:"你知道李时珍的这个故事吗?李时珍写《本草纲目》的时候,要到深山老林里采集草药,一边采药,一边记录,不小心,大风把他已经写好的好多页《本草纲目》,全都刮到山下去了,一页也没有了。这样的挫折,没有让李时珍灰心,放弃,他接着坚持写,终于写成了《本草纲目》。"

我知道,电影《李时珍》里,演了这段故事。我只是不知道该对丁老师说些什么,只觉得丁老师真是挺能说的,挺能安慰人的。但是,他说得挺有道理,他安慰了我,也鼓励了我,让我尝到了小小的挫折,也让我懂得了坚持。

下周一上午上学,丁老师在教室门口等着我,递给我一本日记本。我拿过一看,原来是一本美术日记,跟我的那本一样的美术日记,只是封面是砖红色的。

"没有办法,没有买到和你那本一模一样的美术日记,只有这一本了,封面不是苹果绿的。"

我一时不知道说什么好。

丁老师说:还是苹果绿的好看。

不过,这已经够感谢丁老师的,他居然想到给我再买一本美术日记。我向他鞠躬,谢他。

他连连摆手说:"这可不是我买的,是姚老师特意为你买的!要你拿着它继续写你新的作文!"

日子过得真快,一晃,中学时光已经过去了六十多年。大前年母校一百五十周年校庆,在学校里,没有想到,居然见到了姚老师,她已经八十多了,身体还很硬朗。想起当年她送我的那本美术日记,我向她表示感谢。

"什么美术日记?"她睁大了眼睛,疑惑不解地问我。

我说起那年校史展览我的美术日记被人偷了之后的事情，对她说："您托我们丁老师送我一本美术日记，鼓励我别灰心，接着在这本新的日记本上写作文！"

"什么？"她的眼睛睁得更大了，连连对我说道，"哪里是我送的呀！一定是你们丁老师送你的，你们丁老师这个人呀，真是的！还把好人让给了我当！"

可惜，丁老师已经去世了。

2024 年 8 月 20 日写毕于北京

花间补读未完书

田增科老师到澳洲去了,这是他第三次去。我隐隐地感到,这一次,他大概不会再回来了。他的两个孩子在那里,另一个在意大利,国内已经没有他的亲人了。几个孩子在国外干得都不错,执意要接他们老两口出去,尽尽孝心。

我忽然觉得一下子非常落寞。在偌大的北京,我没有任何亲戚,连八竿子打不着的都找不着一个。田老师,已经是我在北京唯一的亲戚了。我和他交往了三十多年了,过了我的人生的一半,也过了田老师的人生的大半。岁月,让人的感情发生着变化,就像葡萄在时间的催化下变成酒一样,浓郁芬芳醉人。

我在汇文中学上初三,田老师教我语文。那时,我十五岁,田老师刚刚大学毕业,我们开始了这长达三十七年的交往。这中间,是他帮助我修改了我的一篇作文,并亲自推荐参加了北京市少年作文比赛,获得了一等奖。那是第一篇变成铅字的文章,如果没有这样的一篇文章,我会那样迷恋上文学吗,我今天的道路会不会发生变化?我有时这样想,便十分感谢田老师。我永远难忘他将我的那篇作文塞进信封投递进学校门前的绿色信筒里的情景；我也永远难忘当我的这篇文章被印进书中，他将那喷发着油墨清香的书递到我手中时比我还要激动的情景。那是一个细雨飘洒的黄昏。

这中间，还横躺着一个"文化大革命"。说来我当时也许真是十分地可笑，我自以为自己才是革命的，而认为田老师当时有些保守，因为我们两人当时参加的并不是一个战斗队，有一段时间，我和田老师疏远了。可是，在我要到北大荒插队的时候，我以为田老师不会来送我了，田老师却出现在我的面前。在那些个路远天长、心折魂断的日子里，田老师常有信来，一直劝我无论什么样艰苦的条件下，千万不要放下笔放下书。在那文化凋零的季节，他千方百计从内部为我买了一套《水浒》和一套《三国演义》，在我从北大荒回家探亲假期结束要回北大荒的前夕，赶到我的家里把书送来。那一晚，偏巧我去和同学话别没有在家，徒留下桌上的一杯已经放凉的茶和满天的繁星闪烁。

这中间，我和田老师先后结婚，先后为老人送终，他生下两女一子，我生下一个儿子，在那一段一根扁担挑着老少两头的艰辛的日子里，我待业在家没有工作，他鼓励我别灰心，并借我他的《苕溪渔隐丛话》《中国画论辑要》《人间词话》《红楼梦》等书，并送我一个笔记本，劝我再苦再难，读书是必要的，要相信乾坤有眼、时序有心，要相信艺不压身，学问终有需要的时候。

这中间，我发表的第一篇文章，是他看后觉得不错，亲自骑上自行车跑到报社替我送到编辑的手中，并郑重地推荐给人家的。那篇文章，他至今保留如初，并保留着我中学的作文本。

这中间，他出版的第一本书，特意约我来写序言，我说："这本书中的这些篇章并不是为文而文，而是一位老教师在和你坦率真挚地谈心。悠悠读来，我仿佛又回到学校，重温坐在教室里听田老师讲课时那一片温馨，它曾伴我度过少年而渐渐长大。"

这中间，我和田老师一样，做上了中学和大学的老师。我刚刚给学生上课的时候，田老师还曾经骑着自行车到学校专门听我讲课。我教书的中学在郊区，比较远，但他还是早早就到了。听他的学生要给更为年轻的学生讲课了，他的心情显得有些激动。田老师走进校园，我看到许多学生趴在教室的窗前好奇地看。那一次，他回家迷了路，兜了好半天的圈子才回到家。那次他到我教书的中央戏剧学院来听我讲课，我讲的朱自清的《背影》，下课后，他告诉文章中的一个字我读错了，另外除了应该结合朱自清先生的自身经历，还要结合当时的时代背景，会对文章的内涵理解得更深刻些。我送他一直到学院门口，看着他骑上车在冬天的风中远去，一直到看不见他的背影为止，我才发现自己的手中拿着的正是朱自清的《背影》……

三十多年的岁月就这样如水长逝。可以说，我和田老师这三十多年的交往，是读书写书和教书的交往，清淡如水，却也清澈如水，由书滋润着情感，又由情感滋润着书，便也格外湿润而清新。并不是所有的人都能够或值得保持这么多年的友情的。人生中，萍水相逢的、利害相加的、关系互通的人，总是居多。但我和田老师却是这样平淡又长久地保持着这样一份感情，让彼此都感到那感情中因有岁月的沉淀而那样沉甸甸。在偌大的北京城中，由于我没有任何亲戚，我便把田老师当成了唯一的亲戚。在春节老北京人讲究亲戚之间互相看望的礼节，我唯一要看望的就是田老师一个人。

一晃，春节将要来临，田老师却到澳洲去了，而且不会再回来了。春节，我将无处可去。

我想起前年的春节，田老师当时也不在北京，正在澳洲女儿的家中。他特意给我寄来一封信，信中夹有一张他在女儿家门前照的照片，照片后面有田老师抄的一句清诗："竹里坐消无事福，花间补读未完书。"一下子，遥远的澳洲变得近在咫尺，田老师又像坐在我的身边了。而且，那时总想这个春节田老师不在，下一个春节他是要回来的。毕竟他还想着那么多要读的未完之书。

可是，这一次，田老师不会再回来了。他早早寄给我一张贺卡，贺卡上印着积雪覆盖的原野。接到贺卡那天，北京正纷纷扬扬飘飞着冬天以来最大的雪花。

2000 年春节写于北京

粥滋味

孩子出国留学前,在家里,自己没有做过饭。大学毕业出国的时候,他23岁了。我们做父母的,缺乏眼光,没有为他做未雨绸缪的准备,好应对在异国他乡独自一人的生活。

他到美国后没过多久,给我们打来一个电话,人正在厨房的灶台前,问面条怎么煮?这让我们非常惊讶,怎么连面条都不会煮吗?想当然他应该会,毕竟是这么简单的事情嘛。可是,他只吃过面条,从来没有煮过面条,就是不会。

我们告诉他怎么煮。那一天,尽管他按照我们教他的法子,把买来的一包面条,都下进锅里,结果煮成了一锅糨糊。

一年之后,他回国探亲,有一天,忽然对我们说:"我给你们煮粥喝吧!"

我们都有些吃惊,不知他怎么想起为我们煮粥喝,却也乐得其成,看看他为我们煮的粥是什么样子。

他先把米淘好,沥去水,把湿米放进冰箱。第二天,切好牛肉片,各种料汁煨;把冰好一夜的米放入倒好水的锅里,又点了几滴橄榄油,起大火,等水开了之后,改小火慢煮。一直等米粒完全煮烂,牛肉片也煨好了，倒入锅中，粥沸腾之后，加盐、糖、白胡椒粉，点几滴香油，撒一点儿碎葱花。齐活儿！牛肉粥做成了。

他给我们一人盛了一小碗，不无得意地说："尝尝。"

面对这一碗牛肉粥，我们感到很新奇，不管味道怎么样，这是我们第一次看他做饭，第一次吃他做的饭。

味道还真不错，很香，很滑，很好吃，牛肉很嫩，米粒完全煮烂，看不到米的魂儿了，很像广州的煲仔粥。我们夸奖了他，忍不住说起了他到美国第一次煮面条的窘态。他笑，我们也笑了。

仅仅一年的时间，孩子的变化真大。忍不住想起曾经看过日本的一个电影《狐狸的故事》，必须得把小狐狸扔出去，小狐狸才能真正长大。如果，这一年孩子还是在家里，他是不会熬这样的粥给我们喝的。孩子的长大，有时只是一瞬间的事情，在陌生的环境里，在无助的情境中，在生存的逼迫下，在失败的经验里，靠自己去面对，去学习，去实践，比在父母身边，成长得快。

如今，孩子已经在国外生活二十余年，他会做的菜已经很多，中西餐、印度和墨西哥菜，都会做一些。我们到美国看望他时，看他炸的牛排，烤的火鸡，煎的三文鱼，做的黄油蘑菇、牛油果沙拉、红烧牛尾……都样是样，味是味。便常会想起，也会说起，他到美国第一次给自己煮面条，回国第一次给我们煮牛肉粥的事情。

疫情阻隔，四年未能回国，直到去年夏天，他从美国辗转到欧洲飞了三十多个小时，回来看我们。我对他又说起了他第一次给我们做牛肉粥的事情，他如法炮制，又给我们做了一锅牛肉粥。味道不错，但是，怎么都觉得不是那一次的味儿。记忆中的味道，因有时间的搅拌，总是更好，更难忘。

逝者如斯，时光如流，举头已是千山绿，不觉竟过去了这么多年。孩子大了，我们也老了。

2024年8月15日

孙子流年

那一年，孙子三岁半。

有一天，他忽然费劲儿搬来一把椅子，爬了上去，冲我喊道，要我过去，要和我比个儿。我走过去，他伸出小手，比比我的头顶，兴奋地叫道："爷爷，看，我比你高了！"

望着他天真的样子，心里暗暗地说："孩子，终有一天，你会长得比我高。在一年年你长大而爷爷变老的岁月里，既有我的喜悦，也有我的忧伤。所有生命的成长，都会有衰老对应物的衬托和辉映，这是人类的生命守恒定律。"

那一年，孙子四岁半。

我在美国住了半年，和孩子团聚了半年。这半年，一到晚上，孙子嚷嚷着，都是要和我一起睡。每天晚上，哄他睡觉的时候，我常常唱一首儿歌，是根据电影《护士日记》里王丹凤唱的那首《小燕子》，自己随口胡乱瞎改的词："小少爷，小少爷，火车火车来到这里。我问少爷要到哪里去？少爷说，我要去北京看爷爷……"我总是开玩笑叫他小少爷。他常常听着听着，搂着我就睡着了。

那时候，我也教他画画，他画得最多的是火车。家里来了人，他都要拿出他的画，指着画上的火车，对人家说："我要坐火车，去北京看爷爷。"

我笑着对他说："光坐火车可到不了北京，从美国到北京，中间还隔着大海呢！"他就在火车车轮下面，又画上了一道道曲线，就是波浪起伏的大海了。去北京，是他的一个梦。

那一年，孙子五岁半。

暑假，从美国回北京，我带他去了一趟香山。天忽然下起蒙蒙小雨，我们跑到松林餐厅的后门檐下避雨。无事可做，我教他说绕口令和老北京的童谣，学会了"吃葡萄不吐葡萄皮，不吃葡萄倒吐葡萄皮"，和"奔儿头，奔儿头，下雨不愁，你有大草帽，我有大奔儿头"之后，他要学新的。我看见他正坐在大门前的门墩儿上，便教他说"小小子儿，坐门墩儿，哭着喊着要媳妇儿……"

雨停了。我们爬山，向鬼见愁爬去。孙子一边爬山，一边大声高喊着刚刚学会的这个童谣。旁边爬山的游客听见了，都哈哈大笑起来。有人故意逗他：哭着喊着要媳妇干吗呀？他不理他们，却更来了情绪，亮开嗓门儿，越发亮开嗓门儿，大声地一遍遍重复地叫喊着这个童谣。清脆的声音，在通往鬼见愁已经苍老的山路上回荡。

去年暑假，孙子十三岁半。

疫情四年，未得相见，终于又见到他，居然长得那样高，已经超过一米八。

我对他说起了那年他搬来的那把椅子，说起那年他画的火车，说起那年爬香山他大声唱的童谣……

没有等我说完，他一把紧紧搂住了我。

2024 年 8 月 12 日

孩子一晃你就长大了 Fuxing 2024.7.25雨中

第二辑 一片幽情

　　如果不是在姐姐家看到这如电影胶片一般的照片，我也不会想起鲜鱼口，更不会到鲜鱼口来。只是，联友照相馆已经不在了，十几年前它还在呢，如今竟然像梦一样消失得无影无踪了。

一片幽情冷处浓

又到鲜鱼口,这条比大栅栏的历史还要悠久的老街。前些年,鲜鱼口被整治一新,成了传统小吃街,在力力餐厅和通三益果品海味店的位置上,原来有一栋二层小楼,那里是"联友照相馆"。

我站在联友照相馆的原址前,见行人来来往往,不由得胡思乱想:他们当中有几个人知道这里原来是家照相馆?即便知道,又能怎样?老街跟人一样,都时兴"整容"——整过的面容,比爹妈给的要好看。如今,人们的审美观和价值观不断发生变化,也闹不清楚谁对谁错了。

记得十几年前,联友照相馆的那栋小楼还在,只不过变成一个洗印相片的商店,里面破旧不堪。我向店员询问联友照相馆的历史,那个店员看起来有五十多岁,知道的事情比较多。他告诉我联友早就不照相了,一边靠洗印照片勉强维持经营,一边等待照相器材公司的后续安置。

我问他:"有没有可能再把联友照相馆恢复起来?"他摇摇头,说:"大概不会,现在照相馆不好经营,人们都去影楼了。前门大街上的大北照相馆以前多红火啊,现在也差多了。"

他说得没错。我知道,这是我的一厢情愿,也许只有住在附近的老街坊,才对联友照相馆怀着这样特殊的情感。

回顾照相馆在北京城的发展史,第一家照相馆,要追溯到清光绪十八年(1892)由任庆泰在琉璃厂创办的丰泰照相馆。对比丰泰照相馆,联友照相馆的历史没有那么长,它是民国后期才开张的,但在鲜鱼口,它却是第一家有"摩登"味道的店铺——鲜鱼口的许多店铺都是小农经济的产物,而照相馆可是新鲜的"洋玩意儿"。联友照相馆的出现,无疑给鲜鱼口带来了与时俱进的感觉。

这位店员告诉我,联友照相馆的那栋小楼原来是会仙居。会仙居于同治元年(1862)开业,最初是个小酒馆,后来专营炒肝,生意不错。现在人们熟知的老字号天兴居是1933年开业的后起之秀,只不过它在与会仙居的同业竞争中"后来者居上",把会仙居给吞并了。会仙居的地盘出让后,改建成了联友照相馆。

在鲜鱼口这条老街上,我一直觉得联友照相馆有点鹤立鸡群的感觉。倒不是因为照相术和照相馆是舶来品,而是会仙居那栋小楼的格局并没有太多改动。门脸仍旧不大,唯独多了一个橱窗,里面摆着几张照片,有些照片还是手工上色的,那么鲜艳,又那么不真实。从我家穿兴隆街到鲜鱼口,一路都是卖点心、百货、鞋帽甚至棺材的传统店铺,只有联友照相馆不卖东西,而是为你提供服务;此店并非"立等可取",还得几天后再来取。如此独树一帜,让小时候的我对它充满好奇,也有着几分想象与期待。

那时候,对普通家庭而言,照相这件事算不上普遍,除了证件照和"全家福",一般人家不会去照相馆。记得我和弟弟有生以来的第一张照片,就是在联友照相馆拍的。母亲1952年去世后,姐姐扛起家庭的重担,到内蒙古修铁路,临行前,她带我和弟弟到联友照相馆拍了一张全身照。之所以拍全身照,是因为要照上我们为母亲戴孝时穿的白鞋。那一年，我五岁，弟弟两岁，姐姐不到十七岁。

后来姐姐每年回家，都会带我和弟弟到联友照相馆拍一张照片。当时，前门大街一带的照相馆不止联友一家，前门大街东侧有大北照相馆，西侧有中原照相馆，劝业场里也有照相馆，但姐姐只去联友照相馆，所以我对那里的感情更深。

记得最后一次去联友照相馆拍照，是我读高二那年，也就是1965年的冬天。第二年，一切乱了套，我和弟弟分别去了青海和北大荒，姐姐再回北京时，看到姐弟三人分在三处，来去匆匆之中只剩伤感，没有了拍照的期待。

六年前，姐姐八十大寿的时候，我去呼和浩特看望她，见她家写字台的玻璃板下压着一张照片，很长——原来姐姐把每次回京探亲时同我和弟弟拍的照片洗在一起了，就像电影胶片一样，串起了我们的童年和少年。从1952年到1965年，这十四年来拍的照片，是我们姐弟三人一段宝贵的记忆，也是联友照相馆一段别样的"断代史"。

如果不是在姐姐家看到这如电影胶片一般的照片，我也不会想起鲜鱼口，更不会到鲜鱼口来。只是，联友照相馆已经不在了，十几年前它还在呢，如今竟然像梦一样消失得无影无踪了。

站在和煦的秋阳下，站在遥远却清晰的记忆深处，眼前忽然出现这样一幅画面：姐姐带我和弟弟到联友照相馆拍照之前，划着了一根火柴，燃到一半时吹灭，她用火柴头上的那点炭，把我和弟弟的眉毛涂黑。照相师傅看着我们，耐心等待姐姐涂完，微笑地招呼我们过去，站在那蒙着黑布的照相机前……

"桃花羞作无情死，感激东风，吹落娇红，飞入窗间伴懊侬。谁怜辛苦东阳瘦，也为春慵，不及芙蓉，一片幽情冷处浓"——不知为何，每次想起联友照相馆，想起我和联友照相馆的故事，我都会默念纳兰性德的这首词。

独草莓

姐姐家在呼和浩特,她住一楼,房前有块空地,种着一株香椿树、一株杏树和一株苹果树。退休之后,姐姐把这块空地开辟成了菜园。翻土、播种、浇水、施肥……每天乐此不疲。姐姐一辈子在铁路局工作,年年劳动模范,局里新盖了高层楼,分给她新房,面积多出三十多平方米。她不去,舍不得她的这片菜园。孩子们都说她,如今,一平方米房子值多少钱?你那破菜园能值几个钱?却谁也拗不过她,只好随了她。

我已经好多年没有见到姐姐了。今年,是姐姐的八十大寿,说什么也要来看看姐姐。想想六十三年前,1952年,姐姐十七岁,就只身一人来到内蒙古,修新建的京包线铁路。那时候,我才五岁,弟弟两岁,母亲突然逝去,姐姐是为了帮助父亲扛起家庭的担子,才选择来到了塞外。姐姐每月往家里寄三十元钱,一直寄到我二十一岁到北大荒插队。那时候,姐姐每月的工资才有几十元钱呀。姐姐说起当年她要来内蒙古离开家时,我和弟弟舍不得她走,抱着她的大腿哭的情景,仿佛岁月没有流逝,一切都恍若在眼前。

来到姐姐家，先看姐姐的菜园。菜园不大，却是她的天堂，那里种着她的宝贝。特别是姐夫前几年病逝之后，那里更是她打发时光消除寂寞的好场所。菜园被姐姐收拾得井井有条。丝瓜扁豆满架，倭瓜满地爬；小葱棵棵似剑，韭菜根根如阵；西红柿、黄瓜和青椒，在架子上红的红，青的青，弯的弯，尖的尖……忍不住想起中学里学过吴伯箫的课文《菜园小记》里说的，真的是姹紫嫣红。这么多的菜，吃不完，送给邻居，成了姐姐最开心的事情。

菜园旁，立着一个大水缸，每天洗米洗菜的水，姐姐从厨房里一桶一桶拎出来，穿过客厅和阳台，走进菜园，把水倒进水缸，备用浇菜。节省了一辈子的姐姐，常被孩子们嘲笑。孩子们总是劝她说："现在菜好买，什么菜都有，就别整天忙乎这个了，好好养老不好吗？"姐姐会说："劳动一辈子了，不干点活儿难受。"想想，在风沙弥漫的京包铁路线上餐风饮露，这是她念了一辈子的经文，笃信难舍。再想想，人老了，其实不是享清闲，而是怕闲着，能有点儿事干，而且这事干着又是快乐的，便是养老的最好境界了。姐姐种的那些菜，便有她自己的心情浸透，有她往事的回忆，是孩子们都上班上学去之后孤独时的伙伴，她可以一边侍弄着它们，一边和它们说说话。

夸她的菜园，就像夸她的孩子一样让她高兴。我对她的菜园赞不绝口。姐姐指着菜园前面绿葱葱的植物，我没认出是什么。她对我说："这里原来种的是生菜和小水萝卜，今年闹虫子，我把它们都给拔了，改种了草莓。不知怎么闹的，也可能是我不会种这玩意儿，你看，一春天都过去了，只结了一个草莓。"

我跟着她走过去，伏下身子仔细看，才看见偌大的草莓丛中，果然只有一个草莓，个头儿不大，颜色却很红，小小的红宝石一样，孤独地藏在叶子下面，好像害羞似的怕人看见。

"孩子们看着它好玩，都想摘了吃，我没让摘。"姐姐说。我问她：

"干吗不摘？时间久，回头再烂了，多可惜。"姐姐笑着说："我心里盼望着有这么一个伴儿在这儿等着，兴许还能再结几个草莓！"

相见时难别亦难，和姐姐分手的日子到了，离开呼和浩特回北京的前一天的晚上，姐姐蒸的米饭，我炒的香椿鸡蛋，做的西红柿汤，菜都来自姐姐的菜园。晚饭后，姐姐出屋去了一趟菜园，然后又去了一趟厨房，背着手，笑眯眯地走到我的面前，像变戏法一样，还没等我猜，就伸出手张开来让我看，原来是那颗草莓。

"你尝尝，看味儿怎么样？"姐姐对我说。

我接过草莓，小小的，鲜红鲜红的，还沾着刚刚冲洗过的水珠儿，真不忍心下嘴吃。姐姐催促着："快尝尝！"我尝了一口，真甜，更难得的是，有一股在市场买的和采摘园里摘的少有的草莓味儿。这是一种久违的味儿。

2015年6月8日写于呼和浩特归来

核桃酪

那年夏天，去呼和浩特看姐姐前，打电话问她带点儿什么东西？她连说什么也不用带，我却一再相问。姐姐十七岁离开北京，独自去了塞外，多年没有回北京了，一定想念北京，想念北京她熟悉她喜欢的东西。

被逼得没法子，姐姐想了想，说："你就带点儿核桃酪吧。"

那时，我没有听说过核桃酪，更没有吃过，不知是一种什么东西，便问姐姐。姐姐告诉我："是一种老北京的小吃，像杏仁霜，也有点儿像奶酪，比杏仁霜稠，没有奶酪那样凝固。以前，在东安市场有卖的，你看看，还有没有？"

我去了东安市场，早就没有了。姐姐记忆中的老东安市场，如今，名字早改成东风市场了。

我又去北京很多地方扫听，都没有淘换到姐姐想吃的核桃酪。

姐姐没有吃成的核桃酪，影子一样，总在我心里盘桓。我没有见到这玩意儿，具体什么样子，怎么个做法，一窍不通。这么多年，这玩意儿在北京城消失得无影无踪。

后来，读到梁实秋的《雅舍谈吃》，书里有一篇专门写核桃酪的文章，介绍她母亲为他们孩子做核桃酪的经过，制作过程介绍得很仔细，不复杂，但很麻烦，费时费力费工夫，一直想试试也做一回，一直没有耐下心来试验。

姐姐来北京了，这一次，她是下了决心来的，来一趟不容易，毕竟年龄不饶人。我也下决心照葫芦画瓢，依照梁实秋的法子，实践一次做核桃酪。先要把核桃和红枣用滚开的水浸泡，剥下核桃和红枣的外皮，然后，晾干，把它们捣烂捣碎，后者相对容易些，剥皮很麻烦，核桃皮和枣皮都很顽固地粘连一起，十分难缠。关键一步，要把大米用凉水浸泡，梁实秋说是要用一天一夜的时间，之后，捞出米来，用豆包布包裹，拧出米浆，里面不能留一点儿米的渣滓。最后，将米浆核桃红枣泥，放进锅里，用慢火煨。

我们中国的烹饪技法真是了得，方法细分，同样加水上火，有煮、炖、熬、煲、煨……多种，不可混淆。其中煨是小火慢煮，要的是时间，这是一道工夫小吃。如此麻烦，核桃酪如今断档，也就可以理解了。快餐时代，谁愿意做这样麻烦又赚不了大钱的吃食？

有了时间的加持，核桃酪才能够完成。它可不是像京剧里出将入相一般，只要一阵急急风的锣鼓点儿，就可以出场亮相，邀得挑帘好的。时间，成了核桃酪出场与全部唱段完成的背景和过程，不可能一蹴而就，如一朵花，慢慢发芽长叶，最后开花，方才可以将核桃红枣和米浆的味道融合一起，变成一种复合的味道。

这是我第一次做核桃酪。姐姐喝了。我问她味道怎么样？她连说不错，几十年没喝过了，好喝！

我知道，姐姐是安慰我，鼓励我。我做的并不正宗，关键是核桃皮和红枣皮没有去净，煨出的核桃酪，有渣滓，影响口感。另外，梁实秋说他母亲做核桃酪用的是陶制的小锅，我家没有，但起码要用砂

045

锅，我家也没有，只好用平常煮鸡蛋的不锈钢小锅，味道就差太多。什么东西配什么东西，是有讲究的，是命定的，就像好马配好鞍，葡萄美酒要配夜光杯。

有些菜肴，哪怕只是小吃，光看食谱，便想当然披挂上阵，是不行的，哪儿有那么简单、容易？就像核桃酪，更需要时间的加持。时间，是核桃酪做法和滋味的隐形秘器。

2024 年 8 月 10 日于北京雨中

姐 姐

这个世界上最先让我感觉到至为圣洁而宽厚的爱,而值得好好活下去的,一个是母亲,一个是姐姐。

一

年轻时,姐姐很漂亮,只是脾气不好,这一点儿随娘。在我和弟弟落生的时候,娘都把姐姐赶出家门,远远的,到城外去,说她命硬,会冲了我们降生的喜气。我和弟弟都是姐姐抱大的,只要我们一哭,娘常常不问青红皂白先要把姐姐骂上一顿,或者打上几下。可以说,为了我和弟弟,姐姐没少受气,脾气渐渐变得躁而格外拧。

可是,姐姐从来没对我和弟弟发过一次脾气。即使现在我们已经长大成人,在她眼里依然还像偎在她怀中的小孩。

姐姐的脾气使得她主意格外大,什么事都敢自己做主。娘去世的那一年,她偷偷报名去了内蒙古。那时,正修京包铁路线,需要人。那时,家里生活愈发拮据,娘去世后一大笔亏空,父亲瘦削的肩已力不能支。临行前，姐姐特地在大栅栏为我和弟弟买了双白力士鞋，算是再为娘戴一次孝，带我们到劝业场照了张照片。带着这张照片，姐姐走了，独自一人走向风沙弥漫的内蒙古，虽未有昭君出塞那样重大的责任，但一样心事重重地为了我们而离开了北京。我和弟弟过早尝到了离别的滋味，它使我们过早品尝人生的苍凉而早熟。从此，火车站灯光凄迷的月台，便和我们命运相交无法分割。

那一年，姐姐十七岁。

第二年，姐姐结婚了。她再一次自作主张，让父亲很是惊奇又无奈。春节前夕，她和姐夫从内蒙古回到北京，然后回姐夫的家乡任丘。姐夫就是从那里怀揣着一本孙犁的《白洋淀纪事》参加革命的，脾气很好，正好和姐姐成了鲜明的对比。

以后，我和弟弟便盼姐姐回来。因为每次姐姐回来，都会给我们带回许多好吃的、好玩的。我们还是不懂事的小馋猫呀！记得三年自然灾害时期，姐姐到武汉出差，想买些香蕉带给我们，跑遍武汉三镇，只买回两挂芭蕉。那是我第一次吃芭蕉，短短的，粗粗的，口感虽没有香蕉细腻，却让我难忘。望着我和弟弟贪婪地吃着芭蕉的样子，姐姐悄悄落泪。那时，我不明白姐姐为什么要落泪。

那一次，姐姐和姐夫一起来北京，看见我和弟弟如狼似虎贪吃的样子，没说什么。正是我们长身体的时候，肚子却空空的像无底洞，家里粮食总是不够吃……父亲念叨着。姐姐掏出一些全国粮票给父亲，第二天一清早便和姐夫早早去前门大街全聚德烤鸭店排队。那时，排队的人多得不亚于后来办出国签证。我不知道姐姐、姐夫排了多长时间的队，当我和弟弟放学回家时，见到桌上已经摆放着烤鸭和薄饼。那是我们第一次吃烤鸭，以为该是世界上最好吃的东西了。望着我们一嘴油一手油可笑的样子，姐姐苦涩地笑了。

盼望姐姐回家，成了我和弟弟重要的生活内容。于是，我们尝到了思念的滋味。思念有时是很苦的，却让我们的情感丰富而成熟起来。

姐姐生了孩子以后，回家探亲的日子越来越少。她便常寄些钱来，父亲拿这些钱照样可以买各种各样的东西给我们，我却感到越发思念姐姐了。我们盼望姐姐归来已经不仅仅为了馋嘴，一股浓浓依恋的情感已经长成枝繁叶茂的大树，即使无风依然要婆娑摇曳。

终于，又盼到姐姐回来了，领着她的女儿。好日子太不经过，像一块糖越化越小，即使再精心地含着。既然已经是渴望中的重逢，注定必有一别。姐姐说什么也不要我和弟弟送，因为姐姐来的第二天，正是少先队宣传活动，我逃了活动挨了大队辅导员的批评。那一天中午，姐姐带我们去了家附近的鲜鱼口联友照相馆。照相前，她没带眉笔，划着几根火柴，用火柴上燃烧后的可怜的一点点如笔尖上点金一样的炭，分别在我和弟弟眉毛上描了描，想把我们打扮得漂亮些。照完相回到家整理好行装，我和弟弟送姐姐她们娘儿俩到大院门口，姐姐不让送了，执意自己上火车站，走了几步，回头看我们还站在那里，便招招手说："快回去上学吧！"我和弟弟谁也没动，谁也没说话，就那样呆呆站着望着姐姐的身影消失在胡同尽头。当我们看到姐姐真的走了，一去不返了，才感到那样悲恸，依依难舍又无可奈何。我和弟弟悄悄回到大院，一时不敢回家，一人伏在一棵丁香树旁默默地擦眼泪。

我们不知在那里站了多久，一直到一种梦一样的声音突然在耳边响起，抬头一看，竟不敢相信：姐姐领着女儿再次出现在我们的面前，仿佛她早已料到会有这样的场面一样。她摸摸我们的头说："我今儿不走了！你们快去上学吧！"我们破涕为笑。那一天过得格外长！我真希望它能够永远"定格"！

二

在一次次分离与重逢中,我和弟弟长大了。1967年年底,弟弟不满十七岁,像姐姐当年赴内蒙古一样,自作主张报名去青海支援三线建设,一腔"天涯何处无芳草"的慷慨豪迈。姐姐以为他去西宁一定要走京包线的,就在呼和浩特铁路站一连等了他三天。姐姐等不及了,一脚踏上火车直奔北京,弟弟却已走郑州直插陇海线,远走高飞了。姐姐不胜悲恸,把原本带给弟弟的棉衣给了我,又带我跑到前门买了顶皮帽,仿佛她已经有了我也要走的先见之明一样。我把她本来送弟弟的那一份挚爱与牵挂统统收下了。执手相对,无语凝噎,我才知道弟弟这次没有告别的分手,对姐姐的刺激是多么大。天涯羁旅,茫茫戈壁,会时时跳跃着姐姐一颗不安的心。

就在姐姐临走那天夜里,我隐隐听到一阵微微的哭泣声,禁不住惊醒一看,姐姐正伏在床上,为我赶缝一件棉坎肩。那是用她的一件外衣做面、衬衣做里的坎肩。泪花迷住她的眼,她不时要用手背擦擦,不时拆下缝歪的针脚重新抖起沾满棉絮的针线……

我不敢惊动她,藏在棉被里不敢动窝,眯着眼悄悄看她缝针、掉泪。一直到她缝完,轻轻地将棉坎肩放在我的枕边,转身要去的时候,我怎么也忍不住了,一把伸出手,紧紧抓住她的胳膊。我本以为我一定控制不住,会大哭起来,可我竟一声没哭,只是一句话也说不出来,喉咙和胸腔里像有一股火在冲,在拱,在涌动……

我就是穿着姐姐亲手缝制的棉坎肩,带着她的棉衣、皮帽以及绵绵无尽的情意和牵挂,踏上北去的列车到北大荒去的。那是弟弟走后不到一年的事。从此,我们姐弟仨一个东北、一个西北、一个内蒙古,离得那么远那么远,仿佛都到了天尽头。我知道以往月台凄迷灯光下含泪的别离，即使是痛苦的，也难再有了，而只会在我们各自迷蒙的梦中。

我和弟弟两个男子汉把业已年老的父亲孤零零地甩在北京。当我们自以为的革命是何等辉煌之际，家正走向颓败。世态炎凉与人心险恶，是我万未料到的，以为红色海洋会荡涤出一片清纯和美好来。就在我离开家不久，父亲被人赶至两间破旧、矮小的房子里，原因是我家走了我和弟弟两个大活人，用不着那么大的空间，外加父亲曾经参加过国民党。老实又胆小的父亲便把家乖乖迁徙到这两间小黑屋中。最可气的是窗户跟前还有一个自来水龙头，全院人喝水洗涮全仰仗它，每天从早到晚的吵闹声使人无法休息，而且水洇得全屋地下潮漉漉的，爬满潮虫。

就在这一年元旦前夕，姐姐、姐夫来到北京开会。他们本可以住到招待所，看到家颓败到这种模样，老人孤零零如风中残烛，便没有住在别处，而在这潮漉漉、黑漆漆的小屋过夜，陪伴、安慰着父亲孤寂的心。这就是我和弟弟甩给姐姐的家。那一夜，查户口的突然不期而至，是为了给父亲耍耍威风看的。姐姐首先爬起床，气愤得很。查户口的厉声问："你是什么人？"姐姐嗓门一向很大："我是他女儿。"又问姐夫："你呢？"姐夫掏出工作证，不说一句话，他太清楚这些人的嘴脸，果然，他们客气地退去了。那工作证上写着中共党员、呼和浩特铁路局监委书记。

姐姐、姐夫走的那一天清早，买了许多元宵，煮熟吃时，姐姐、姐夫和父亲却谁也吃不下。元宵本该团圆之际吃，而我和弟弟却远走天涯。她回内蒙古后不时给父亲寄些钱来，其实那本该是我和弟弟的责任。姐姐也常给我和弟弟分别寄些衣物、食品，她把她的以及远逝的那一份母爱一并密密缝进包裹之中。她只要我常常给她写信、寄照片。

051

当我有一次颇为自得地写信告诉她我能扛起90公斤重的大豆踩着颤悠悠的三级跳板入囤时，姐姐吓坏了，写信告诉我她一夜未睡，叮嘱我一定小心，千万别跌下来，让她一辈子难得安宁。

又一次，她看见我寄去的照片，穿着临走时她给我的那件已经破得不成样子的棉衣，打着我那针脚粗粗拉拉实在难看的补丁，又腰扎一根草绳时，她哭了，哭得那样伤心，以至姐夫不知该怎么劝才好……

三

当我像只飞得疲倦的鸟又飞回北京，北京没有如当年扯旗放炮欢送我一样欢迎我。可怜巴巴的我像条乞讨的狗一样，连一份工作都没有，只好待业在家，这才知道无论什么时候只有家才是憩息地。

从我回北京那一月起，姐姐每月寄来三十元钱，一直寄到我考入大学。似乎我理所应当从她那里领取这份"工资"。她已经有三个孩子，一大家子人。而那年我已经二十七岁！每月邮递员呼喊我的名字，递给我这份汇款单时，我的手心都会发热发颤。仿佛长得这么大了，我还是个嗷嗷待哺的孩子，三十元可以派些大的用场。脆薄的自尊与虚荣，常在这几张票子面前无地自容，又无法弥补。幸亏待业时间不长，一年多后，我找到了工作，在郊区一所中学教书。我把消息写信告诉姐姐，要她不要再寄钱，我已经有了每月四十二元半的工资。谁知，姐姐不仅依然按月寄来三十元钱，而且寄来一辆自行车，告诉我："车是你姐夫的，你到郊区上班远，骑车方便些，也可以省点儿汽车钱……"

我从火车货运站取出自行车，心一阵阵发紧。这辆银色的自行车跟随姐夫十几年。我感到车上有姐姐和姐夫的殷殷心意，真觉得太对不起他们，不知要长到多大才不要他们再操心！

我盼望着姐姐能再来北京，机会却如北方的春雨难得了。只是有一次姐姐突然来到北京，让我喜出望外。那是单位组织她到北戴河疗养。她在铁路局房建段当管理员，平凡的工作，却坚持天天不迟到、不请假、坚守岗位，因此，年年评什么先进工作者都会评上她。这次到北戴河便是对她的奖励，第一次，也是最后一次。十几年没见面了，姐姐明显老了许多，更让我惊奇的是大热的天，她还穿着棉毛裤。我问她怎么啦，她说早就得了风湿性关节炎。其实，我们小时候，她的腿就已经坏了，那时候我没注意罢了。我们长大了，姐姐老了，花白的头发飘飞在两鬓。她把她的青春献给了内蒙古，也融入了我和弟弟的血肉之躯！

我和弟弟都十分想念姐姐。想想，以往都是她千里奔波来看我们，这次，我大学毕业，弟弟考取大学研究生，利用暑假，我们各自带着孩子专程去看望一下姐姐！这突然的举动，好让姐姐高兴一下！是的，姐姐、姐夫异常高兴，看见了我们，又看见和我们当年一般大的两个孩子，生命的延续让人感到生命的力量。临离开北京前，我特意买了两挂厄瓜多尔进口大香蕉，那曾是小时候姐姐和我们最爱吃的。我想让姐姐吃个够！谁知，姐姐看着这样橙黄、硕大的香蕉，不舍得吃，非让我们吃。我和弟弟不吃，她又让两个孩子吃。两个孩子真懂事，也不吃。直至香蕉一个个变软、变黑，最后快要烂了，还是没人吃。没人吃，也让人高兴！姐姐只好先掰开一个香蕉送进嘴里："好！我先吃！都快吃吧，要不浪费了多可惜！"我从来没有吃过这样美味的香蕉！悄悄地，我想起小时候姐姐从武汉买回的那两挂芭蕉。人生的滋味真正品味到了，是我们以全部青春作为代价。

昭君墓就在呼和浩特近郊，姐姐在这里生活了这么长时间，却从来没有去过一次。我们撺掇姐姐去玩一次。她说："我老了，腿也不行，你们去吧！"一想到她的老关节炎腿，也就不再劝，我们去的兴头也不大，便带着孩子到城里附近的人民公园去玩。不想那天玩到快出公园大门，天突然浓云密布，雷雨大作。塞外的豪雨莽撞如牛，铺天盖地而来，那阵势惊人，不知何时才能停下来。我们只好躲在走廊里避雨，待雨稍稍小下来，望望天依然沉沉的，索性不再等雨过天晴，领着孩子向公园门口跑去。刚跑到门口，就听前面传来呼唤我和弟弟的声音。真没有想到，是姐姐穿着雨衣，推着车，站在路旁招呼着我们，后车座上夹满雨具，不知她在这里等了多久！雨珠一串串从打湿的头发梢上滚落下来，雨衣挡不住雨水的冲击，姐姐的衣服已经湿漉漉一片，裤子已经完全湿透，紧紧包裹在腿上……

姐姐！无论风中、雨中，无论今天、明天，无论离你多近、多远，我会永远这样呼唤你，姐姐！

第三辑
窗前的母亲

只要母亲在,家里的窗前就会有母亲的身影。那是每个家庭里无声却深情动人的一幅画。

花边饺

小时候,包饺子是我家的一桩大事。那时候,家里生活拮据,吃饺子当然只能等到年节。平常的日子,破天荒包上一顿饺子,自然就成了全家的节日。这时候,妈妈威风凛凛,最为得意,一手和面,一手调馅,馅调得又香又绵,面和得软硬适度,最后盆手两净,不沾一星面粉。然后妈妈指挥爸爸、弟弟和我,看火的看火、擀皮的擀皮、送皮的送皮,颇似沙场点兵。

一般,妈妈总要包两种馅的饺子,一种肉,一种素。这时候,圆圆的盖帘上分两头码上不同馅的饺子,像是两军对弈,隔着楚河汉界。我和弟弟常捣乱,把饺子弄混,但妈妈不生气,用手指捅捅我和弟弟的脑瓜儿说:"来,妈教你们包花边饺!"我和弟弟好奇地看妈妈在包了的饺子沿儿上用手轻轻一捏,捏出一圈穗状的花边,煞是好看,像小姑娘头上戴了一圈花环。我们却不知道妈妈耍了一个小小的花招儿,她把肉馅的饺子都捏上花边,让我和弟弟连吃带玩地吞进肚里,她自己和爸爸却吃那些素馅的饺子。

那段艰苦的岁月,妈妈的花边饺,给了我们难忘的记忆。但是,这些记忆，都是长到自己做了父亲的时候，才开始清晰起来，仿佛它一直沉睡着，必须让我们用经历的代价才可以把它唤醒。

自从我能写几本书以后，家里的经济状况好转，饺子不再是什么奢侈餐。想起那些个辛酸和我不懂事的日子，想起妈妈自父亲去世后独自一人艰难度日的情景，我想，起码不能再让妈妈吃得受委屈了。我曾拉妈妈到外面的餐馆开开洋荤，她连连摇头："妈老了，腿脚不利索，懒得下楼啦！"我曾在菜市场买来新鲜的鱼肉或时令蔬菜，回到家里自己做，妈妈并不那么爱吃，只是尝几口便放下筷子。我便笑妈妈："您呀，真是享不了福！"

后来，我明白了，尽管世上食品名目繁多，人的胃口花样翻新，妈妈却雷打不动只爱吃饺子。那是她老人家几十年一贯的历久常新的最佳食谱。我知道唯一的方法是常包饺子。每逢我买回肉馅，妈妈看出要包饺子了，立刻麻利地系上围裙，先去和面，再去调馅，绝对不让别人插手。那精神气儿，又回到我们小时候。

那一年大年初二，全家又包饺子。我要给妈妈一个意外的惊喜，因为这一天是她老人家的生日。我包了一个带糖馅的饺子，放进盖帘上一圈圈饺子之中，然后对妈妈说："今儿您要吃着这个带糖馅的饺子，您一准儿是大吉大利！"

妈妈连连摇头笑着说："这么一大堆饺子，我哪会那么巧能有福气吃到？"说着，她亲自把饺子下进锅里。饺子如一尾尾小银鱼在翻滚的水花中上下翻腾，充满生趣。望着妈妈昏花的老眼，我看出来她是想吃到那个糖饺子呢！

热腾腾的饺子盛上盘，端上桌，我往妈妈的碟中先拨上三个饺子。第二个饺子妈妈就咬着了糖馅，惊喜地叫了起来："哟！我真的吃到了！"我说："要不怎么说您有福气呢？"妈妈的眼睛笑得眯成了一条缝。

其实,妈妈的眼睛实在是太昏花了。她不知道我耍了一个小小的花招,用糖馅包了一个有记号的花边饺。

那曾是她老人家教我包过的花边饺。

苦 瓜

原来我家有个小院，院里可以种些花草和蔬菜。这些活儿，都是母亲特别喜欢做的。把那些花草蔬菜侍弄得姹紫嫣红，像是给自己的儿女收拾得眉清目秀，招人注目，母亲的心里才舒坦。

那时，母亲每年都特别喜欢种苦瓜。其实这么说并不准确，是我特别喜欢苦瓜。刚开始，是我从别人家里要回苦瓜籽，给母亲种，并对她说："这玩意儿特别好玩儿，皮是绿的，里面的瓤和籽是红的！"我之所以喜欢苦瓜，最初的原因是它里面的瓤和籽格外吸引我。苦瓜结在架上，母亲一直不摘，就让它们那么老着，一直挂到秋风起时。越老，它们里面的瓤和籽越红，红得像玛瑙，像热血，像燃烧了一天的落日。当我掰开苦瓜，兴奋地将这两片像船一样而盛满了鲜红欲滴的瓤和籽的瓜举起时，母亲总要眯缝起昏花的老眼看着，露出和我一样喜出望外的神情，仿佛那是她的杰作，是她才能给予我的欧·亨利式的意外结尾，让我看到苦瓜最终具有了这朝阳般的血红和辉煌。

后来，我发现苦瓜做菜其实很好吃。无论做汤，还是炒肉，都有一种清苦味。那苦味，格外别致，既不会"传染"给肉或别的菜，又有一种苦中蕴含的清香和苦味淡去的清新。

像喜欢院子里母亲种的苦瓜一样,我喜欢上了用苦瓜做的菜。每年夏天,母亲都会从小院里摘下沾着露珠的鲜嫩苦瓜,给我炒一盘苦瓜青椒肉丝。它成了我家夏日饭桌上一道经久不衰的家常菜。

自从这之后,我再见不到苦瓜瓤和籽鲜红欲滴的时候,因为再等不到那个时候了。

这样的菜,一直吃到我离开了小院,搬进了楼房。住进楼房,我依然爱吃这样的菜,只是再吃不到母亲亲手种、亲手摘的苦瓜了,只能吃母亲亲手炒的了。

一直吃到母亲六年前去世。

如今,我依然爱吃这样的菜,只是母亲再也不能到厨房为我亲手将青嫩的苦瓜切成丝,再掂起炒锅亲手将它炒熟,端上自家的餐桌了。

因为常吃苦瓜,便常想起母亲。其实,母亲并不爱吃苦瓜。除了头几次,在我一再怂恿下,她勉强动了几筷子,便皱起眉头,以后便不再问津。母亲实在忍受不了那股异样的苦味。她说过,苦瓜还是留着看红瓤红籽好。可是,每年夏天当苦瓜爬满架时,她依然为我清炒一盘我特别喜欢吃的苦瓜青椒肉丝。

最近看了一则介绍苦瓜的短文,上面有这样一段文字:"苦瓜味苦,但它从不把苦味传给其他食物。用苦瓜炒肉、焖肉、炖肉,其肉丝毫不沾苦味,故而人们美其名曰'君子菜'。"

不知怎么搞的,看完这段话,我想起了母亲。

母亲的月饼

中国的节日一般都是和吃联系在一起的，这和中国传统的节气相关，每一个节日都是和节气呼应着的，便每一个节日都有一个和节气相关联的吃食做主角。又快到中秋节了，主角当然是月饼，只可惜近两年来，南京冠生园的黑心月饼和豪华包装的天价月饼相继登场，让中秋节跟着吃瓜络儿。

记得我小时候每到中秋节是特别羡慕店里卖的自来红、自来白、翻毛、提浆，那时就只是这样的老几样传统月饼，哪里像如今又是水果馅又是海鲜馅，居然还有什么人参馅，花脸一样百变、时尚起来。可那时中秋的月饼在北京城里绝对地道，做工地道，包装也地道，装在油篓或纸匣子里，顶上面再包一张红纸，简朴，却透着喜兴，旧时有竹枝词写道："红白翻毛制造精，中秋送礼遍都城。"

只是那时家里穷，买不起月饼，年年中秋节，都是母亲自己做月饼。说老实话，她老人家做的月饼不仅远远赶不上致美斋或稻香村的味道，就连我家门口小店里的月饼的味道也赶不上。但母亲做月饼总是能够给全家带来快乐，节日的气氛，就是这样从母亲开始着手做月饼弥漫开来的。

母亲先剥好了瓜子、花生和核桃仁，掺上桂花和用擀面棍擀碎的冰糖渣儿，撒上青丝红丝，再浇上香油，拌上点儿湿面粉，切成一小方块一小方块的，便是月饼馅了。然后，母亲用香油和面，用擀面棍擀成圆圆的小薄饼，包上馅，再在中间点上小红点儿，就开始上锅煎了。怕饼厚煎不熟，母亲总是用擀面棍把饼擀得很薄，我总觉得，这样薄，不是和一般的馅饼一样了吗？而店里卖的月饼，都是厚厚的，就像京戏里武生或老生脚底下踩着厚厚的高底靴，那才叫角儿，那才叫作月饼嘛。

每次和母亲争，母亲每次都会说："那是店里的月饼，这是咱家的月饼。"这样简单的解释怎么能够说服我呢？便总觉得没有外面店里卖的月饼好，嘴里吃着母亲做的月饼，心里还是惦记着外面店里卖的月饼，总觉得外面的月亮比自己家里的圆，这山望着那山高。其实，母亲亲手做的月饼，是外面绝对买不到的。当然，明白这一点，是在我长大以后，小时候，孩子都是不大懂事的。

好多年前，母亲还在世的时候，中秋节时，我别出心裁请母亲动手再做月饼给全家吃，其实，是为了给儿子吃。那时，儿子刚刚上小学，为了让他尝尝以往艰辛日子的味道，别一天到晚吃凉不管酸，多年不自己做月饼的母亲来了劲儿，开始兴致勃勃地做馅、和面、点红点儿，上锅煎饼，一个人拳打脚踢，满屋子香飘四溢。月饼做好了，儿子咬了两口就扔下了。他还是愿意到外面去买商店里的月饼吃，特别爱吃双黄莲蓉月饼。

如今，谁还会在家里自己动手做月饼？谁又会愿意吃这样的月饼呢？都说岁月流逝，其实，流逝的岂止是岁月？

蓝围巾

不知为什么，最近一些日子总想起那条蓝围巾。我怎么也想不起来，是在什么时候什么地方，怎么把它弄丢的了。只记得，那时候，我在北大荒，收到这条蓝围巾，打开包裹，抖搂出来一看，足有一米四长，透迤在炕上，拖到地上，像一条蓝色的蛇，明显是一条女式的围巾。心里想，我妈也真是的，怎么买了一条女式的围巾。尽管是纯毛的，花了二十元，我还是把它丢到一旁，一天也没有戴过。那时候，二十元对于一般家庭不是一笔小数目。父亲退休后，每月的工资只有四十二元，也就是说，这条围巾花了父亲近一半的工资。

那应该是1970年或者是1971年的事。那时候，北大荒的冬天大烟泡一刮，冷得刀割一般难受。是我写信向家里要一条围巾。当然，也是为了臭美。那时候，知青不讲究穿，但就像当年时兴假领子一样，戴一条好看点儿的围巾，不显山显水，却成为我们的一种暗暗的时尚。

就像我妈一直不知道我竟然是如此对待她寄给我的这条蓝围巾一样，我也不知道我妈寄给我这条蓝围巾时所经历的辛酸。一直到父亲去世，我从北大荒困退回北京，和我妈相依为命好几年之后，才在一次偶然的聊天中知道，原来这条蓝围巾上还有我妈的眼泪。

我妈是在王府井百货大楼买的这条蓝围巾。一辈子从来没有戴过围巾，甚至连一件毛线织的任何衣物都没有穿戴过的我妈，哪里懂得围巾的品种起码是要分男女的。她只想买最长最厚最贵的，认为那样才是最好的，最能抵挡北大荒的风寒的。

买好围巾，正好有一位我们队上的北京知青从北大荒回家探亲，我写信时告诉家里，如果围巾买好，就让他帮我带回北大荒。在信的末尾，我写上了这位知青家里的地址。他家离我家不远，也在前门附近的一条胡同里。但是，我只重视了知青身份的相同，却忽略了他家与我家的不同。我家只是普通人家，我父亲只是税务局的一个小职员，住在一个大杂院两间窄小的东房里。他家以前是一个资本家，住一个独门独户的小四合院，虽然经过了抄家，却是瘦死的骆驼比马大，大户人家的气势并未完全消失。我和我妈都以为是举手之劳的事情，竟然在那个四合院里，成了令人皱眉头的恼人的事情。因为我妈按照地址把围巾给人家送去的时候，人家没让给带，说是孩子带的东西已经很多了，行李包里放不下了。

怪我，除了围巾还买了点儿六必居的咸菜，包好，夹在围巾里。可能是人家嫌沉。我妈这样对我说。

我说是，你让人家带围巾就带围巾，干吗还非要带咸菜。我这样附和着我妈的话说，是想安慰她。我知道，我妈是想让我冬天吃饭时候有点儿就着下饭的东西，她从回家探亲的知青的口中知道，到了冬天，我们吃的菜只有老三样：土豆、白菜、胡萝卜，还都是冻的。经常的菜，就是炖一锅这样的冻菜汤，最后用淀粉拢上芡，稠糊糊的，我们管它叫"塑料汤"。我不知道，我妈对我这样说，是为了安慰我。人家没有带给我那条蓝围巾，其实，并不是因为咸菜。

那天，我们队上的那位知青没在家，我妈见到的是他妈。他妈根本没有让我妈进屋,只是在院子里说了几句话,就把我妈打发回来了。

我妈虽然出身贫寒,又没有文化,但看人多了,也知道眉眼高低,尽管不讲究穿戴了,但从人家细致的衣服、白嫩的皮肤和飘忽的眼神,也看得出来,人家是在嫌弃自己呢。我妈听完人家这番话后,把围巾和咸菜包裹好,说了句那就不麻烦你了,便离开了那个小四合院。

那天,是腊月天,天寒地冻。而我妈是缠足,抱着围巾和咸菜,踩着小脚,一步步走到他们的那个小四合院的。那天的情景,总让我觉得像是电影《青春之歌》里的余永泽,没让乡下来的亲戚进屋,也是冷漠地让人家站在风雪之中的院子里。

那天,我妈没有回家,直接到了邮局。因为包围巾和咸菜的包上有我父亲写的我的名字和地址,我妈就求别人按照上面的字写在包裹单上,把围巾和咸菜寄给了我。

这件事,一直到我妈去世之后,听我弟弟讲,才知道全部真实的过程。那一年,我弟弟从青海探亲回北京,他的一个同事的妈妈带着十几斤香肠到我家,让我弟弟帮助带回青海,我弟弟面有难色,他自己这么多东西,这十几斤香肠不轻呢,便想只带其中一部分,让我妈给拦下了。等人家走后,我妈对我弟弟说,都知道你们青海那里一年四季难得有肉吃,人家才会让你带这么多,人家让你带,是对你的信任,别伤人家的心。然后,我妈对我弟弟说了让人家帮我带那条蓝围巾被拒的事情。

在我妈的一生中,蓝围巾只是一件小事。不知为什么,却总让我想起。在一个还有出身地位和财富不对等的社会里,人和人之间,不平等是存在的,不经意之间对于他人自尊的伤害是存在的。我们要努力去做的是,居高不自矜,位卑不屈辱,在任何时候,对任何人,要有最起码的尊重,而努力避免不经意的伤害。

我只是想起那条蓝围巾的时候在想,如果在收到我妈寄给我那条蓝围巾的当时，知道了事情的真实原委，也许，我会好好珍惜那条蓝围巾，而不至于让它那么轻易丢失。

但也没准儿，那时还年轻，年轻时的心，没有经历过多世事沧桑和人生况味，很多事情不会真正明白。

前些天，我路过前门，发现我家原来住的大院已经拆除，不由得想起我们队上那个知青家的小四合院，便又拐个弯儿，上前多走了几步。那一整条胡同都拆干净了，变成了宽阔的马路。想想，是应该料到的。那个小四合院，我曾经去过两次。刚开始返城回京的时候，那个知青邀请我到他家去过。见到他妈时，我不知道由于蓝围巾我妈受辱的事情，否则，我不会去的，去了，也会很尴尬。只记得正是秋天，长得很富态的他妈，大概早忘记了蓝围巾的事，兴致勃勃地对我说，秋天到了，要贴秋膘，哪怕是袜子露脚后跟了，借钱也得吃顿涮羊肉。可那时我和我妈还从来没有吃过涮羊肉。

正是秋风起时，落叶萧萧，我想起了我妈。那天去他家见他妈之前，中午刚吃完炸酱面，就了几瓣蒜，怕嘴里有蒜味，让人家闻见了不高兴，妈妈临出门特意嚼了嚼泡好的茶叶。这是当年我妈对弟弟讲的。我知道，这是我妈的老习惯，她说茶叶可以去味儿。可是，去味儿的茶叶，没能帮得了我妈。我妈的精心，抵不住人家的轻心。

已经是四十多年前的事情了。我妈已经去世二十六年，他妈也肯定早不在了，世事沧桑和人生况味都经历了，世事沧桑和人生况味却依然还在，磨出的老茧一样，轮回在新的一代和新的世风中。

2015年9月13日

酸　菜

又到了冬天，又到了吃酸菜的时候了。

如今吃酸菜，只能到副食品店里去买，每袋一元八角，是那种经过快速发酵的"科技"产品。方便倒是方便了，而且颜色白白的，清清爽爽，只是觉得味道怎么也赶不上母亲渍过的酸菜。也曾经到私人那里买过人工渍过的酸菜，质量更是没有保证。还曾经到专门经营东北风味菜肴的饭店买过酸菜炒粉或酸菜汆白肉，过细的加工，倒吃不出酸菜的原汁原味了。

渍酸菜，的确是一门学问。每年到了冬天，大白菜上市以后，母亲都要买好多大白菜储存起来。一般，母亲都是把颗大、包心的好菜用废报纸包好，再用破棉被盖好，剩下那些没心或散心、帮子多又大的次菜，用来渍酸菜。酸菜的出身比较贫贱，和母亲及那些居家过日子的普通妇女一样。

我家有个酱红色的小缸，是母亲专门用来渍酸菜的。那缸的年龄几乎和我的年龄不相上下，因为打我记事时起，母亲就用它来渍酸菜。每年母亲渍酸菜，是把它当成大事来办的，因为几乎全家一冬的酸菜熬肉或酸菜粉丝汤或酸菜馅饺子，都指着它了。母亲先要把缸里里外外擦得干干净净，然后烧一锅滚开的水，把一棵白菜一刀切开四瓣，扔进锅里一渍，捞将出来，等它凉后，码放在缸里，一层一层撒上盐，再浇上一圈花椒水。这些先后的顺序是不能变的，而且绝对不让人插手帮忙。最后，在缸口包上一层纸，不能包塑料布或别的什么，母亲说，那样不透气，酸菜和人一样，也得喘匀了气才行，渍出来才好吃。

那时候，我只关心吃，不操心别的，不知道母亲到底渍酸菜要渍多少时候，便没有把母亲这门学问学到手。只记得不到时候，母亲是不允许别人动她这个宝贝缸的。当她的酸菜渍好了，她会亲手为全家做一盆酸菜熬肉或酸菜粉丝汤，看着我和弟弟狼吞虎咽，吃得香喷喷，满脸的皱纹便绽开如一朵金丝菊。对于母亲，渍酸菜是变废为宝，是把菜帮子变成了上得了席面的一道好吃的菜，是用有限的钱过无限的日子，并把这日子尽量过得有滋有味。那时候，是母亲的节日。

母亲渍的酸菜伴我度过整个童年、青年，甚至大半个壮年时期。自从母亲在那年夏天突然去世，我吃的酸菜只有到副食品店里去买了。

母亲渍的酸菜确实好吃，不像现在买的酸菜，不是不酸，就是太酸，不是硬得嚼不动，就是绵得没嚼头。其实，酸菜不是什么上等的名菜，母亲渍酸菜的技术是年轻时在老家闹饥荒时学来的，她好多次说起，那时候渍的酸菜是什么呀，净是捡来的烂菜帮……像现在的孩子不爱听父母讲过去的陈芝麻烂谷子一样，那时我也不爱听。母亲去世之后，我自己也曾经学着渍过酸菜，但那味道总不地道。我知道，艰苦时学到的学问是刻进骨髓的，平常的日子里只能学到皮毛。

如今，我只有到副食品店里去买酸菜了。如今，只有母亲渍过大半辈子酸菜的缸还在。

豆包儿

如今的豆包儿,很少有人在家里自己做了,一般都会到外面买。外面卖的豆包儿,馅儿大多用的是红豆沙。这种红豆沙,是机械化批量生产的,稀烂如泥,豆子是一点儿也看不到的,自然,红小豆的豆粒那种沙沙的独有味道,也就大减,甚至索性全无。要想尝到那种味道,只有自己动手将红小豆下锅熬煮,不用说,这样传统的法子,费时费力又费火,谁还愿意做这种豆包儿?

在北京,唯有柳泉居几家老字号的豆包儿,一直坚持用这样的传统方法熬制豆馅儿,制作豆包儿。就因为费时费力又费火,如今柳泉居小小的豆包儿,一个卖到两元钱,价钱涨了不少。而且,皮厚馅儿少,塞进嘴里,那种豆粒的沙沙感觉,让位给了皮的面香。这绝对不是老北京豆包儿的做法,老北京的豆包儿,讲究的是皮薄馅儿大。这和包饺子的道理一样,主角必须得是馅儿,一口咬下,满口豆香,才能够吃出豆包儿独有的味道。

小时候,我吃的豆包儿,都是我母亲做的。那时候只有在改善生活的时候才能吃到豆包儿。春节前,必定是要包上满满一锅的,上锅之前,母亲还要在每个豆包儿上面点上一个小红点儿。出锅的时候,豆包儿变得白白胖胖,小红点儿像用指甲草或胭脂花抹上的小红嘴唇,格外喜兴。豆包儿,便显得和节日一样的喜兴了。

因此,每一次母亲包豆包儿,都会像过节一样。包豆包儿的重头戏,在于熬馅儿。我家有一口炒菜的大铁锅和一个蒸馒头的铝锅,熬豆馅儿必得用铁锅,至于什么道理,母亲是讲不出来的,只是说用铁锅熬出的豆馅儿好吃。说完之后,母亲觉得说得好像没有说服力,会进一步解释:"你看炖肉是不是也得用铁锅?没有用铝锅的吧?"这样解释之后,她觉得道理已经充足了。

熬豆馅的重头戏,在于熬的火候。红小豆和凉水一起下锅,一次要把水加足。"不能在熬到半截时看着水不够,一次次地加水,逗着玩!"母亲这样说的时候,同时把红枣下进锅里。那红枣是早就用开水泡好,一切两半,去核去皮。我老家是河北沧县,出金丝小枣,但母亲从来不会用这种金丝小枣,用的是那种肉厚实的大红枣。用小枣煮出的豆馅没有枣的香味,那种金丝小枣,母亲会用它来蒸枣馒头。

水开之后,大火要改小火,还要用勺子不停地搅动,免得豆子巴锅。豆子不能熬得过烂,烂成一摊泥,豆子的香味就没有了。也不能熬得太稀,太稀包不成个儿不说,豆子的香味也就没有了。母亲包的豆包儿,馅儿一般会比较干,不会有那种黏稠的液体出现,开花之后的红小豆的颗粒感非常明显,咬起来沙沙的。豆子虽然被煮烂了,但是小小的颗粒还在,没有完全变成另一种形态,很实在的豆子的感觉和豆子的香味,会长久地在嘴里回荡,不像现在卖的豆包儿那样稀软如同脚踩在泥塘里的感觉。按照那时母亲的话说,那是把豆子给熬得没魂儿了!按照我长大以后开玩笑对母亲说的话是:"就像唱戏,那样的豆馅儿是属于大众甜面酱的嗓子,您熬的这豆馅儿属于云遮月的嗓子。"

豆馅儿熬得差不多了，放糖，是放红糖，不能放白糖。吃豆包儿和吃年糕不一样，吃年糕要放白糖，吃豆包儿必须放红糖。这个规矩，是母亲从上辈那里传下来的，是不能变的。只是，在闹灾荒的那几年，买什么糖都得要票，不是坐月子的或闹病的，红糖更是难淘换。没有办法，只好改用糖精，豆馅儿的味道差得太多，母亲嫌丢了自己的脸，那几年，豆包儿很少包了。

　　我长大以后，特别是大学毕业之后，自以为见多识广，建议母亲再包豆包儿熬馅的时候，加上一点儿糖桂花，味道会更好的。母亲不大相信，在她的眼里，糖桂花那玩意儿是南方货，包元宵和汤圆在馅儿里加一点儿可以，她包了一辈子豆包儿，从来没有加过这玩意儿。"别遮了味儿！"她摇摇头说，坚持她的老法子。我说不服她，由她去。

　　如今，母亲去世多年，买来的豆包儿都会加有糖桂花，母亲包的没有糖桂花的豆包儿，却再也吃不到了。

荔 枝

我第一次吃荔枝，是二十八岁的时候。那时，我刚从北大荒回到北京，家中只有孤零零的老母。站在荔枝摊前，脚挪不动步。那时，北京很少见到这种南国水果，时令一过，不消几日，再想买就买不到了。想想活到二十八岁，居然没有尝过荔枝的滋味，再想想母亲快七十岁的人了，也从来没有吃过荔枝呢！虽然一斤要好几元，挺贵的，咬咬牙，还是掏出钱买上一斤。那时，我刚在郊区谋上中学老师的职，衣袋里正有当月四十二元半的工资，硬邦邦的，鼓起几分胆气。我想让母亲尝尝鲜，她一定会高兴的。

回到家，还没容我从书包里掏出荔枝，母亲先端出一盘沙果。这是一种比海棠大不了多少的小果子，居然每个都长着疤，有的还烂了皮，只是让母亲一一剜去了疤，洗得干干净净。每个沙果都显得晶光透亮，沾着晶莹的水珠，果皮上红的纹络显得格外清晰。不知老人家洗了几遍才洗成这般模样。我知道这一定是母亲买的处理水果，每斤顶多五分或者一角。居家过日子，老人就这样一辈子过来了。不知怎么搞的，我一时竟不敢掏出荔枝，生怕母亲骂我大手大脚，毕竟这是那一年里我买的最昂贵的东西了。

我拿了一个沙果塞进嘴里,连声说真好吃,又明知故问多少钱一斤,然后不住口说真便宜——其实,母亲知道那是我在安慰她而已,但这样的把戏每次依然让她高兴。趁着她高兴的劲儿,我掏出荔枝:"妈!今儿我给您也买了好东西。"母亲一见荔枝,脸立刻沉了下来:"你财主了怎么着?这么贵的东西,你……"我打断母亲的话:"这么贵的东西,不兴咱们尝尝鲜!"母亲扑哧一声笑了,筋脉突兀的手不停地抚摸着荔枝,然后用小拇指甲盖划破荔枝皮,小心翼翼地剥开皮又不让皮掉下,手心托着荔枝,像是托着一只刚刚啄破蛋壳的小鸡,那样爱怜地望着舍不得吞下,嘴里不住地对我说:"你说它是怎么长的?怎么红皮里就长着这么白的肉?"毕竟是第一次吃,毕竟是好吃!母亲竟像孩子一样高兴。

那一晚,正巧有位老师带着几个学生突然到我家做客,望着桌上这两盘水果有些奇怪。也是,一盘沙果伤痕累累,一盘荔枝玲珑剔透,对比过于鲜明。说实话,自尊心与虚荣心齐头并进,我觉得自己仿佛是那盘丑小鸭般的沙果,真恨不得变戏法一样把它一下子变走。母亲端上茶来,笑吟吟顺手把沙果端走,那般不经意,然后回过头对客人说:"快尝尝荔枝吧!"说得那般自然、妥帖。

母亲很喜欢吃荔枝,但是她舍不得吃,每次都把大个的荔枝给我吃。以后每年的夏天,不管荔枝多贵,我总要买上一两斤,让母亲尝尝鲜。荔枝成了我家一年一度的保留节目,一直延续到三年前母亲去世。

母亲去世前是夏天,正赶上荔枝刚上市。我买了好多新鲜的荔枝,皮薄核小,鲜红的皮一剥掉,白中泛青的肉蒙着一层细细的水珠,仿佛跑了多远的路,累得露着一张张汗津津的小脸。是啊,它们整整跑了一年的长路,才又和我们阔别重逢。我感到慰藉的是,母亲临终前一天还吃到了水灵灵的荔枝，我一直认为是天命，是母亲善良忠厚一生的报偿。如果荔枝晚几天上市，我迟几天才买，那该是何等的遗憾，会让我产生多少无法弥补的痛楚。

其实，我错了。自从家里添了小孙子，母亲便把原来给儿子的爱分给孙子一部分。我忽略了身旁小馋猫的存在，他再不用熬到二十八岁才能尝到荔枝，他还不懂得什么叫珍贵，什么叫舍不得，只知道想吃便张开嘴巴。母亲去世很久，我才知道母亲临终前一直舍不得吃一颗荔枝，都给了她心爱的太馋嘴的小孙子吃了。

而今，荔枝依旧年年红。

母亲的学问

二十四年前,我从北大荒插队回到城里,挨过了一段待业的日子,终于找到了一份工作:在一所中学里当老师。四十二元半,这是我拿到的第一份工资,以后每月都把工资如数交给母亲。我和母亲两人就要靠这每月四十二元半的工资过日子。

这时候,我的一个同学在旧书店里看见有一套十卷本的《鲁迅全集》,二十元钱。他知道我喜欢书,肯定想要这一套《鲁迅全集》,怕别人买走,便替我买了下来。二十元钱买一套《鲁迅全集》确实不贵,但以当时我家的生活水平来看,二十元占了我将近一个月工资的一半。工资刚刚交给了母亲,我怎么好意思再要回将近一半的钱来买书呢?

我有些犹豫,心里却惦记着这套《鲁迅全集》。大概像所有孩子的心事都瞒不过母亲一样,母亲看出了我的心事。她从装钱的小箱子里拿出了二十元钱递给我,让我去买书。她说:"你放心,我这儿有过日子的钱,你不用操心!"

后来,我知道那是母亲从我每月那可怜巴巴的四十二元半的工资里一点点节省下来的。

母亲把四十二元半经营得井井有条，沙场秋点兵一样，让每分钱都恰到好处地派上用场，让这个已经破败得千疮百孔的家，重新张起了有些生气的风帆。

那时，水果才几毛钱一斤，但母亲从来不买，她只买几分钱一斤的处理水果。在我还没有到家的时候，母亲把水果上那些烂掉的、坏掉的部分用刀子剜掉，用水洗得干干净净，摆在盘子里等我回来一起吃。

有一次，母亲洗好、剜好了这样一盘新买来的小沙果，恰巧，我的几个学生找到我家来看我，我赶紧把这些小沙果拿进了里屋，我有些不好意思让学生看见我生活的寒酸。偏偏母亲没觉得这样有什么不好，她从里屋里把沙果又端了出来，招待学生们吃。我觉得很伤我的自尊，心里很别扭。

等学生走后，我向母亲发脾气，赌气不吃那盘烂沙果。母亲听着，没说什么，只是默默地吃着那盘烂沙果。

事后，我有些后悔冲母亲发脾气。虽然亲身经历着生活的艰难，但我并未真正懂得生活，我不懂得生活其实是一天接着一天的日子，不管每一天是苦是乐，是希望着还是失望着，是有人关心还是被人遗忘……都是要去过的，而要满足所过的每一天的物质需要，最起码的要求就是节省。

在我看来，节省和节约不一样。节约，是自己还有一些东西，只不过不要大手大脚一下子用完花光；节省不是这样，节省是东西本来就这么些，要在短缺局促的方寸之间做道场。节约，像是衣柜里有许多服装，只是不要光穿那些漂亮的豪华的衣服，还要拣些朴素的穿；节省，却是根本没有那么些衣服，甚至没有衣柜，必须要将破旧的衣服打上补丁来穿。节约是自我约束的一种品质，节省却是一门从艰辛生活中学来的学问,在平常的日子里,尤其是在富裕的日子里是不会学到的。

那确实是母亲的一门学问。

佛手之香

那个星期天,我在潘家园旧货市场外面的街上,买了一个佛手。那时,这条街和市场里面一样的热闹,摆满了小摊,其中一个小摊卖的就是佛手。卖货的是个山东妇女,十几个大小不一有青有黄的佛手,浑身疙疙瘩瘩的,躺在她脚前的一个竹篮里,百无聊赖的样子,像伸出来长短不一粗细不均的枝杈来勾引人们的注意。很多人不认识这玩意儿,路过这里都问问这是什么呀,这么难看?扭头就走了,没有人买。我买了一个黄中带绿的大佛手,她很高兴,便宜了我两块钱,说:"我是大老远从山东带来的,谁知道你们北京人不认!"

这东西好长时间没有在北京看到,上一次看到它起码是四十多年前了。那时,我还在读中学,是春节前,在街上买回一个,个头儿没有这个大,小巧玲珑,长得比这个秀气。那时,父母都还健在,把它放在柜子上,像供奉小小的一尊佛,满屋飘香。

我不知道佛手能不能称为水果。它可以吃,记得那时我偷偷掐下它的一小角,皮的味道像橘子皮,肉没有橘子好吃,发酸发苦,很涩。那时,我查过词典,说它是枸橼的变种,初夏时开上白下紫两种颜色的小花，冬天结果，但果实变形，像是过于饱满炸开了，裂成如今这般模样。它的用途很多，可以入药，可以泡酒，也可以做成蜜饯。那时我买的那个佛手没有摆到过年，就被父亲泡酒了，母亲一再埋怨父亲，说是摆到过年，多喜兴呀。

以后，我在唐花坞和植物园里看到过佛手，但都是盆栽的，很袖珍，只是看花一样赏景的。插队北大荒时，每次回北京探亲结束都要去六必居买咸菜带走，好度过北大荒没有青菜的漫长冬春两季，在六必居我见过腌制的佛手，不过，已经切成片，变成了酱黄色，看不出一点儿佛指如仙的样子了。

我们中国人很会给水果起名字，我以为起得最好的便是佛手了，它不仅最象形，而且最具有超尘拔俗的境界。它伸出的权杖，确实像佛手，只有佛的手指才会这样如兰花瓣宛转修长，曲折中有这样的韵致。这在敦煌壁画中看那些端坐于莲花座上和飞天于彩云间的各式佛的手指，确实和它几分相似。前不久看到了残疾人艺术团表演的千手观音，那伸展自如风姿绰约的金色手指，确实能够让人把它们和佛手联系到一起。我买的这个佛手，回家后我细细数了数，一共二十四支手指。我不知道一般佛手长多少佛指，我猜想，二十四支，除了和千手观音比，它应该不算少了。

我把它放在卧室里，没有想到它会如此的香。特别是它身上的绿色完全变黄的时候，香味弥漫了整个卧室，甚至长上了翅膀似的，飞出我的卧室，每当我从外面回来，刚刚打开房间的门，香味就像家里有条宠物狗扑了过来一样，毛茸茸的感觉，萦绕在身旁。我相信世界上所有的水果都没有它这种独特的香味。在水果里，只有菲律宾的菠萝才可以和它相比，但那种菠萝香味清新倒是清新，没有它的浓郁；有的水果，倒是很浓郁，比如榴莲，却浓郁得有些刺鼻。它的香味，真的是少一分则欠缺，多一分则过了界，拿捏得那样恰到好处，仿佛妙手天成，是上天的赐予，称它为佛手，确为得天独厚，别无二致，只有天国境界，才会有如此如梵乐清音一般的香味。西方是将亨德尔宗教色彩浓郁的清唱剧《弥赛亚》中那段清澈透明、高蹈如云的《哈利路亚》，视为天国的国歌的，我想我们东方可以把佛手之香，称为天国之香。这样说，也许并非没有道理，过去文字中常见珠玉成诗，兰露滋香。我想，香与花的供奉是佛教的一种虔诚的仪式，那种仪式中所供奉的香所散发的香味，大概就是这样的吧？《金刚经》里所说的处处花香散出的香味大概也就是这样的吧？

它的香味那样持久，也是我始料未及。一个多月过去了，房间里还是香飘不断，可以说没有一朵花的香味能够存留得如此长久，越是花香浓郁的花，凋零得越快，香味便也随之玉殒色残了。它却还像当初一样，依旧香如故。但看看它的皮，已经从青绿到鹅黄到柠檬黄到芥末黄到土黄，到如今黄中带黑的斑斑点点了，而且，它的皮已经发干发皱，萎缩了，像是瘦筋筋的，只剩下了皮包骨。想想刚买回它时那丰满妖娆的样子，让我感到的却不是美人迟暮的感觉，而是和日子一起变老的沧桑。

它已经老了，却还是把香味散发给我，虽然没有最初那样浓郁了，依然那样的清新沁人。那一刻，我忽然觉得它老得像母亲。是的，我想起了母亲，四十多年前，我第一次见到佛手的时候，母亲还不老。

2009年元旦试笔于北京

春节写给母亲的信

1974年的春节，我是在北大荒过的。半年前，父亲突然去世，我回到北京陪母亲，一直再没有回北大荒。这一次，我是来办理返城调动关系的手续的，却没想到赶上了暴风雪，无法回北京和母亲一起过年了。大年初一的晚上，我给母亲写了一封信。

这是我第一次给母亲写信，也是唯有的一次。母亲不识字，这是以前我没有给她写信的理由。但那一天，我责怪并质疑自己这个自以为是的理由。我的心里充满了牵挂，我们家姐弟三人，流落四方，一个在内蒙古，一个在青海，一个在北大荒，以前即使我们都不在家，毕竟父亲在，而这个春节却是母亲生平第一次一个人形单影只地过了。特别是这一天在北大荒，五个同学买了六十斤猪肉，美美地又吃又喝。第二天，也就是大年初二，我们几个同学还要回到我们最初插队落户的生产队，那里的人早早就宰好了一头猪，要做一桌丰盛的杀猪菜，专门为我饯行。热闹的场景，红红火火的年味儿，让我越发地想起了家中冷清的母亲，她一个人该怎么过这个春节呢？虽然，前几天，我已经托一位离邮局最近的同学，替我给她寄去四十元，希望她能够在春节前收到，但她那样一个节俭惯了的人，舍得花这笔钱吗？独自一人，又能用这钱买些什么呢？

天高地远，漫天飞雪中，我的心思被搅得飘荡不定。我从来没有像那一夜那么想念母亲，一种从来没有过的相依为命的感觉，袭上心头。我才意识到自己以前是多么忽略母亲，在我离开北京到北大荒的那六年里，没有一个春节是陪她过的。我自以为"八千里外狂渔父"，我自以为"天涯何处无芳草"，我自以为她总也不老而我永远年轻，我自以为只有自己的事情为大而她永远不会对我提什么要求。我不知道一个孩子的长大，是以一个母亲的变老，孤独地嚼碎那么多寂寞的夜晚为代价的。父亲的突然去世，才让我恍然长大成人，知道母亲的那一头有一颗牵着风筝的心，风筝飞得再远，也是被那一颗心牵着。

那时候，我马上就到二十七岁了。我才发现，以前我是不孝，而此刻我是无能和无助，我没有任何其他的法子来排遣我的愁绪，来帮助天那一方的母亲，唯一可以做的，就是写一封信给她。按照传统的规矩，没过正月十五就都算是过年，我希望母亲能够在正月十五前收到它。

我给母亲写了一封信。她看不懂，就让我在北京的同学读给她听，让她知道我对她的想念和牵挂，希望她能够过一个好年。第二天一清早，我托人顶着风雪以最快的速度到县邮局给母亲寄了一封航空信。

在这封信里，我告诉母亲我在北大荒的情况，特别告诉了她：五个同学买了六十斤猪肉，另外，我们几个同学已经宰好了一头猪，等着我回去时好为我送行。所有这一切，都是为了让她放心。同时，我问她：北京下雪了吗？一个人出门一定要注意，路滑别跌倒了。我问她：年过得怎么样，寄去的那四十元钱收到了吗？就把那钱都花了吧，特别嘱咐她"做饭做菜多做点儿，多吃点儿，多改善点儿伙食，不要怕花钱"。我又告诉她在京的两个特别要好也特别嘱咐过的好朋友的电话，就写在月份牌上，一个在左面，一个在右面，有什么事就给他们两人打电话，有急事就让他们给我发电报……

我忽然发现，自己变得婆婆妈妈起来了。我从来没有对母亲这样细心过，而这样的细心以前都是母亲给予我的。一封信写得我心里格外伤感和沉重。

我不知道母亲接到我写给她的这封信后是什么样的心情。事后朋友告诉我，他到家里看望我母亲的时候，母亲拿出了这封信让他读后，只是笑着说了句："五个人买六十斤猪肉，怎么吃呀！"我从北大荒回到北京，她也没有再提及这封信。只是1989年的夏天，母亲去世之后，我在她的遗物中发现了这封信，她把信封和信纸都保存得好好的，平平整整地压在她的包袱皮里。

我从小就知道这个海尚蓝的包袱皮，母亲对它很金贵，所以我从来都没有动过它，猜想里面包着她的"金银细软"。那天，我打开它，发现里面包着的是：她已经不算年轻的时候和她的老姐姐的一张合影，一件不知是什么年代的细纺绸的小褂，几十斤全国粮票和几百块钱（那是我有时候出门留给她的零花钱），还有就是这封信。

这封信，让我想起了38年前的那个春节。早没有任何一个节日如春节一样让亲人的心相互拧结在一起的了，即便彼此相隔千山万水，那个叫作年的东西，像是一条小鱼，穿梭在我们的心和心之间，衔接起了思念和牵挂。想想，在中国的所有节日里，再没有比过春节这样的日子更让人的心里能感受到亲情的暖意的了。

温暖的劈柴

那一年,父亲病故,我从北大荒回到北京,还不到三十岁,也还没有结婚。那时候,我没有意识到母亲已经老了。那时候,我还年轻,心像长了草,总觉得家里狭窄憋闷,一有空就老想往外跑,好像外面的世界真的很精彩,可以让自己散心,也能够让自己成才,便常常毫不犹豫地把母亲一个人孤零零地甩在家里。母亲从来不说什么,由着我的性子,没笼头的马驹子似的到处散逛,在她的眼里,孩子的事,甭管什么事,总是大的。

都说年轻时不懂得爱情,其实,年轻时最不懂得的是父母心。

那时候,我在一所中学里当老师。有一次,放寒假了,我没有想到,有时间了,可以在家里多陪陪已经年迈的母亲,反觉得好不容易放假了,打开了笼子的鸟,还不可劲儿地飞?便利用假期和伙伴们到河北兴隆的山区玩了一个多星期。

回来的那天,到家已经是晚上了。推门进屋,屋里黑洞洞的,没亮灯。正纳闷儿,听见一个老爷子的声音:"是复兴回来了吧?"然后听见火柴噌噌响了好几声,大概是返潮,终于一闪一闪的,点亮了炉膛里的劈柴。正是冬天,我感到屋里一股冷飕飕的寒气。

说话的是邻居赵大爷,年龄比母亲还要大几岁,身板很结实。我摸到开关,打开了电灯,才看见母亲蜷缩在床上的被子里。赵大爷对我说:"你妈两天没出门了,我担心她一个人在家别出什么事,进你家一看,老太太感冒躺在床上起不来了,炉子也灭了,这么冷的天,人哪儿受得了呀。这不赶紧找劈柴生火,连灯都没顾得上开。"

炉火很快就生着了,火苗噌噌往上蹿,屋子里暖和了起来,被子里的母亲也稍稍舒展了腰身。赵大爷一身的灰和劈柴渣儿,母亲对我说:"多亏了你赵大爷。"我连忙谢他,他说:"街里街坊的,谢什么呀,快给你妈做饭吧。"母亲连连摆手,说嘴里一点儿味儿没有,不想吃,让我先烧壶开水。我往水壶里灌好水,坐在炉子上,回过头看了一眼瘦弱的母亲,心里充满愧疚。

赵大爷出门前,回头对我说:你家的劈柴没有了,我刚才找了半天,才找出一点儿,刚够点着火炉子,你要不先到我家拿点儿劈柴去,省得明天火要是又灭了,你没得使。

我跟着他走到他家,他抱来满满一捆劈柴放到我的怀里,送我走出他家院门的时候,对我说了这么一句话,如今三十多年过去了,我还清晰地记得。他说:"复兴呀,原来孔圣人说,'父母在,不远游'。现在别说是你们年轻人了,就是撂谁也做不到,但改一个字,父母老,不远游,还是应该能做到的。"

那天的晚上,没有星星,天很黑,很冷。走在回家的夜路上,耳边老响着赵大爷的这句话。我心里很惭愧,怀里的劈柴很沉,但很暖。

窗前的母亲

在家里,母亲最爱待的地方就是窗前。

自从搬进楼房后,母亲很少下楼,我们都嘱咐她,她自己也格外注意,她知道楼层高,楼梯又陡,自己老了,腿脚不利落,磕着碰着,会给孩子添麻烦。每天,我们在家的时候,她和我们一起忙乎着做饭等家务,脚不识闲儿,我们一上班,孩子一上学,家里只剩下她一个人,没什么事情可干,大部分的时间里,她就是待在窗前。

那时,母亲的房间,一张床紧靠着窗子,那扇朝南的窗子很大,几乎占了一面墙,母亲坐在床上,靠着被子,窗前的一切就一览无余。阳光总是那样的灿烂,透过窗子,照得母亲全身暖洋洋的,母亲就像一株向日葵似的特别爱追着太阳烤着,让身子有一种暖烘烘的感觉。有时候,不知不觉地就倚在被子上睡着了,一个盹打过来,睁开眼睛,她会接着望着窗外。

窗外有一条还没有完全修好的马路,马路的对面是一片工地,恐龙似的脚手架,簇拥着正在盖起的楼房,切割着那时湛蓝的天空,遮挡住了更远的景色。由于马路没有完全修好,来往的车辆不多,人也很少，窗前大部分时间是安静的，只有太阳在悄悄地移动着，从窗子的这边移到了另一边，然后移到了窗后面，留给母亲一片阴凉。

我们回家，只要走到了楼前，抬头望一下家里的那扇窗子，就能够看见母亲的身影。窗子开着的时候，母亲花白的头发会迎风摆动，窗框就像一个恰到好处的画框。等我们爬上楼梯，不等掏出门钥匙，门已经开了，母亲站在门口。不用说，就在我们在楼下看见母亲的时候，母亲也望见了我们。那时候，我们出门永远不怕忘记带房门的钥匙，有母亲在窗前守候着，门后面总会有一张温暖的脸庞。即使晚上我们回家很晚，楼下已经是一片黑乎乎的了，在窗前的母亲也能看见我们。其实，她早老眼昏花，不过是凭感觉而已，不过，那感觉从来都十拿九稳，她总是那样及时地出现在家门的后面，替我们早早地打开了门。

母亲最大的乐趣，是对我们讲她这一天在窗前看见的新闻。她会告诉我们：今天马路上开过来的汽车比往常多了几辆，今天对面的路边卸下好多的沙子，今天咱们这里的马路边栽了小树苗，今天她的小孙子放学和同学一前一后追赶着，跟风似的呼呼地跑，今天还有几只麻雀落在咱家的窗台上……都是些平淡无奇的小事，但她有枣一棍子没枣一棒子地讲起来，津津有味。

母亲不爱看电视，总说她看不懂那玩意儿，但她看得懂窗前这一切，这一切都像是放电影似的，演着重复的和不重复的琐琐碎碎的故事，沟通着她和外界的联系，也沟通着她和我们的联系。有时候，望着窗前的一切，她会生出一些东一榔头西一棒子的联想，大多是些陈年往事，不是过去住平房时的陈芝麻烂谷子，就是沉淀在农村老家时她年轻的回忆。听母亲讲述这些八竿子都打不到一起的事情的时候，我感到岁月的流逝、人生的沧桑，就是这样在她的眼睛里和窗前闪现着。有时候，我偶尔会想，要是把母亲这些都写下来，那才是真正的意识流。

　　母亲在这个新楼里一共住了五年。母亲去世以后，好长一段时间，我出门总是忘记带钥匙。而每一次回家走到楼下的时候，总是习惯地望望楼上我家的窗户，空荡荡的窗前，像是没有了画幅的一个镜框，像是没有了牙齿的一张瘪嘴。这时，才明白那五年时光里窗前曾经闪现的母亲的身影，对我们是多么的珍贵而温馨；才明白窗前有母亲的回忆，也有我们的回忆；也才明白窗前落有并留下了多少母亲企盼的目光。

　　当然，就更明白了：只要母亲在，家里的窗前就会有母亲的身影。那是每个家庭里无声却深情动人的一幅画。

母亲与莫扎特

这似乎是一个不伦不类的题目——母亲和莫扎特。母亲目不识丁，根本没有想过这个世界上曾有过一位莫扎特。记得那天我刚把音响搬回家时，她蹑手蹑脚走过来，奇怪地望了望这庞然大物，问我这是个什么物件？

是冥冥中的命运，把母亲和莫扎特连在一起。我知道这样说对谁也说不清楚，我只有轻轻地对自己一遍遍倾诉。

两年前的夏天最难熬，我常去两个地方打发时光：一是月坛邮票市场，一是灯市口唱片公司。抱着邮票回家，邮票不会说话，任你摆弄，任你和那些古今中外的哲人或各式各样的动物相会就是了，母亲只是悄悄坐在床头看我摆弄，看困了，便倒下睡着了，微微打着鼾。唱片不是邮票，买回来是要听的，而且，常觉得音量太小难听出效果，便把音量放大，震得满屋摇摇晃晃；又常在夜深人静时听，觉得那时才有韵味，才能把心融化。

母亲常常无法休息。我几次对老人说："吵您睡觉吧？"她总是摆摆手："不碍事，听你的！"我问她："好听吗？"她点着头："好听！"其实，我知道，一切都是为了我。在母亲的眼里，孩子的事再小也总是大事。她总是默默地坐在床头，陪我听到很晚。母亲并不关心那个大黑匣子中的贝多芬、巴赫或曼托瓦尼，母亲只关心一个人，那便是我。

八月一天的黄昏，我又来到了灯市口，偶然间看到了一盘莫扎特《安魂曲》的激光唱片。我拿了起来，犹豫了一下，买还是不买？这是莫扎特一生最后一部未完成曲，拥有它是值得的。但是，我还是把它放下了，我实在不大喜欢莫扎特，我一直觉得他缺少柴可夫斯基的忧郁、勃拉姆斯的挚情，更缺少贝多芬的深刻。我知道这是我的偏执，但在音乐面前喜欢与不喜欢，来不得半点虚假。这时候，人与音乐一样透明。

莫非是我亵渎了莫扎特，还是《安魂曲》本身就蕴含着悲剧的意味？这一天黄昏，我空手而归，母亲还好好的，正坐在厨房里的小板凳上帮我择新买的小白菜和嫩葱。我问她："今晚您想吃点儿什么？"她像以往一样说："你想吃什么就做什么吧！"几十年，她就是这样辛苦操劳，却从不为自己提一点点要求。我炒菜，她像以往一样站在我旁边帮我打下手。晚饭后我听音乐，她像以往一样坐在床头默默陪我一起听，一直听到很晚、很晚……谁会想到，第二天她老人家竟会溘然长逝呢？母亲依然如平日一样默默坐在床头，突然头一歪倒在床上，无疾而终，突然得让我的心一时无法承受。

丧事过后，我想起那盘《安魂曲》。我无法不把它与母亲联系在一起，人生哪有这样的巧合？莫非莫扎特在启迪我母亲即将告别这个世界，灵魂需要安慰？而我却疏忽了，只咀嚼个人的滋味！我很后悔没有买。如果买下那盘《安魂曲》，让母亲临别最后一夜听听也好啊！我甚至想，如果买下也许能保佑母亲不会那样突然而去呢！

我真感到对不住莫扎特，我真感到对不住母亲。

不要执意追求什么深刻，平凡、美好，本身不就是一种深刻吗？母亲太过平凡，但给予孩子最后一刻的爱，难道不也是一种深刻吗？我看到梅纽因写过的一段话，说莫扎特的音乐"像一座火山斜坡上的葡萄园，外面幽美宁静，里面却是火热的"！母亲难道不也是这样的吗？我没有理解莫扎特，也没有理解母亲。

鬼使神差，我又来到灯市口，可惜，那盘唱片没有了。

油条佬的棉袄

牛家兄弟俩,长得都不随爹妈。牛大爷和牛大妈,都是胖子,他们兄弟俩却很瘦削。尤其是等到他们哥儿俩上中学了,身材出落得更是清秀。那时候,我们大院里的大爷大妈,常拿他哥儿俩开玩笑,说:"你们不是你妈亲生的吧?"牛大爷和牛大妈在一旁听了,也不说话,就咯咯地笑。

牛大爷和牛大妈就是这样性情的人,一辈子老实、随和。他们在大院门前支一口大铁锅,每天早晨炸油条。牛家的油条,在我们那条街上是有名的,炸得松、软、脆、香、透——这五字诀,全靠着牛大爷的看家本事。和面加白矾,是衡量本事的第一关;油锅的温度是第二关;炸的火候是最后一道关。看似简单的油条,让牛大爷炸出了好生意。牛家兄弟俩,就是靠牛大爷和牛大妈炸油条赚的钱长大的。

大牛上高一时,小牛上初一。那时候,大牛高过小牛一头多,而且比小牛英俊,也知道美了,每天上学前照镜子,还用清水抹头发,让小分头光亮些。但是,他特别讨厌我们大院的大人们拿他和他爹作对比、开玩笑。他也不爱和爹妈一起出门,除非不得已,他会和爹妈拉开距离，远远地走在后面。最不能忍受的是学校开家长会。好几次家长会通知单，他都没有拿回家给爹妈看。

小牛和哥哥不太一样。他常常帮助爹妈干活儿，星期天休息的时候，他也会帮爹妈炸油条。不过，牛大爷嫌他炸油条的手艺糙，只让他收钱。而且，大牛的学习成绩一直比小牛好，在哥哥面前，小牛有点儿低眉臊眼。于是，牛家也习惯了，大牛一进屋就捧着书本学习，小牛一放学就拿扫帚扫地干活儿。虽说手心手背都是肉，但在我们大院街坊的眼睛里，牛家两口子有意无意是明显地偏向大牛的，就常以开玩笑的口吻，对牛家两口子这样说。牛大爷和牛大妈听了，只是笑，不说话。

大牛高三那年，小牛初三。两个人同时毕业，大牛考上了工业学院，小牛考上了一个中专学校。两个人都住校，家里就剩下牛大爷和牛大妈，老两口接着炸油条，用沾满油腥儿的钞票，供他们读书。

小牛毕业后，在一家工厂工作，每天又住回家里。大牛毕业后，分配到一家研究所，住进了单位的单身宿舍里，再也没回家住过一天。别人不清楚，牛大爷和牛大妈心里明镜般地清楚，大牛是嫌弃家里住的这房子破呢。没两年，大牛就结婚了。结婚前，他回家来了一趟，跟爹妈要钱。要完钱，就走了，连口水都没有喝。要多少钱，牛大爷和牛大妈都如数给了他，但结婚的大喜日子，他不让牛大爷和牛大妈去，怕给他丢脸。

就是从这以后，牛大爷和牛大妈的身子骨儿开始走下坡路。没几年工夫，牛大爷先卧病在床，油条炸不成了。紧接着，牛大妈一个跟头栽在地上，送到医院抢救过来，落下半身瘫痪。家里两个病人，小牛不放心，只好请长假回家伺候。

大牛倒是也回家来看看，但主要目的还是要钱。牛大爷躺在床上一声不吭，牛大妈哆哆嗦嗦气得扯过盖在牛大爷身上油渍麻花的破棉袄说:"你看看这棉袄,多少年了都舍不得换新的,你爸爸辛辛苦苦炸油条赚钱容易吗?这又看病又住院的,哪一样不要钱?你都工作这么多年了,我们没跟你要过一分钱就不错了!你还觍着脸伸手朝我们要钱?"此后,大牛再也没进这个家门。

牛大爷和牛大妈在病床上躺了五六年的样子,先后走了。牛大妈是后走的,看着小牛为了伺候他们老两口,连个对象都没找,心疼得很。但那时候,她的病很重了,说话言语不清。临咽气的时候,牛大妈指着牛大爷那件油渍麻花的破棉袄,张着嘴巴,大口喘着粗气,使劲儿想说什么,又怎么也说不出来,支支吾吾的,小牛不知道什么意思。

将老人下葬之后很久,处理爹妈的东西,看见了父亲的这件破油棉袄,小牛又想起了母亲临终前那个动作,觉得怪怪的。他拿起棉袄,才发现很沉,抖搂了一下,里面哗哗响。他忍不住拆开了棉袄,棉花中间夹着的竟然是一张张十元钱的大票子。那时候,十元钱就属于大票子了。据我们大院里知情的街坊说,老爷子足足给小牛留下了一百多张十元钱的大票子,也就是说有一千多元呢。那时候,我爸爸行政二十级,每月只拿七十元的工资。

这之后,小牛就离开了大院。谁也不知道他搬到了哪里。我再也没见到他们哥儿俩。

好多年过去了,往事突然复活,是因为前些日子,我听到台湾歌手张宇唱的一首老歌,名字叫作《蛋佬的棉袄》,非常动听。他唱的是一个卖鸡蛋的蛋佬,年轻时不理解母亲,披着母亲给他的一件破棉袄卖蛋度日,懂事后攒钱要让母亲富贵终老,但母亲已经去世了,发现棉袄里母亲为他藏着的一根金条。"蛋佬恨自己没能回报,夜夜狂啸,成了午夜凄厉的调……他那件棉袄,四季都不肯脱掉。"唱得一往情深,让我鼻酸,禁不住想起牛大爷那件炸油条时穿的破油棉袄。

娘的四扇屏

这一次来呼和浩特的姐姐家，发现客厅的墙上多了两幅国画，一幅童子和牛，一幅展翅的飞鹰，都裱成立轴，尤其是牵牛的两个古代童子，面容清纯，憨态可掬，很是不错。一问，才知道是姐姐的大女儿退休之后上老年大学学着画的。然后，姐姐又说："这点随咱娘，咱娘手就巧，能描会画。"说着，她指指客厅的另一面墙，对我说："你看，那就是咱娘绣的。"

我一看，墙上挂着四扇屏。屏中是四面四季内容的传统丝绣，一看年代就知道年代够久远了，缎面已经显旧，颜色有些暗淡。但是，丝线的质量很好，依然透着光泽，比一般的墨色和油画色还能保持鲜艳。

春，绣的是凤凰戏牡丹。牡丹的枝叶，像被风吹动，蜿蜒伸展自如，柔若无骨；有趣的是凤凰凌空展翅，多情又有些俏皮地伸着嘴，衔起牡丹上面探出的一根枝条，像是用力要把这一株牡丹都衔走，飞上天空。右上方用红丝线绣着两行小字："牡丹古人称花王。"

夏，绣的是映日荷花。绿绿的荷叶亭亭，粉红色的荷花格外婀娜，还横刺出一枝绿莲蓬。荷花上有一只蜜蜂飞舞,水草中有一只螃蟹弄水,有意思的是,最下面的浪花全绣成了红色。右上方也是用红丝线绣着两行小字:"夏月荷花阵阵香。"

秋,绣的是菊花烹酒。没有酒,只有一大一小、一上一下的两朵金菊盛开,几瓣花骨朵点缀其间,颜色很是跳跃。上面还有一只蝴蝶在花叶间翻飞,下面有一只七星瓢虫,倒挂金钟似的在花枝下,像在荡秋千。最底下的水里,有一条大眼睛的游鱼,有一只探出犄角来的小蜗牛,充满童趣。左上方用墨绿色的丝线绣着两行小字"菊花烹酒月中香"。

冬,绣的是传统的喜鹊登梅。五瓣梅花,绣成了粉红色、淡紫色和豆青色,点点未开的梅萼,红的,粉的,深浅不一,散落在疏枝之间,如小星星一样闪闪烁烁。喜鹊的长尾巴绣成紫色,翅膀上黑色的羽毛下藏着几缕苹果绿,肚皮绣成了蛋青色。最下面的几块镂空的上水石,则被完全抽象化,绣成五彩斑斓的绣球模样了。依然是为了左右对称,在左上方用墨绿色的丝线绣着两行小字"梅萼出放人咸爱"。绣得真是清秀可爱。心里暗想,或许是"出"字绣错了,应该是"初"字。我知道娘的文化水平不高,好多字是结婚以后父亲教她的。

我问姐姐:"这个四扇屏,以前我来过你家那么多次,怎么从来没有见过?"

姐姐说,这也是她前些日子刚拿出来的,然后做了四个框,才挂在墙上的。然后,姐姐告诉我:"这是娘做姑娘时绣的呢。"

姐姐从来称母亲为娘。或许是母亲去世后,父亲从老家为我和弟弟娶回来继母的缘故吧,为了区别,我们都管继母叫妈,管生母叫娘。

我是第一次见到我娘的这个四扇屏。我娘死得早,三十七岁就突然病故,那一年,我才五岁。此后,我没有见过娘留下的任何遗物,在家里,只存有娘的一张照片,那是葬礼上的一幅遗像,成为联系我和娘生命与情感的唯一凭证。

说实在的,由于那时候年龄小,我的脑海和记忆里,娘的印象是极其模糊的。突然见到这四扇屏,心里有些激动,禁不住贴近墙面,想仔细看,忽然有种感觉,好像不知是这面墙热,还是四扇屏有了热度,一下子有了一种温暖的感觉,好像就贴在娘的身边。

这面墙正对着阳台的玻璃窗,四扇屏上反光很厉害,跳跃着的光点,晃着我泪花闪烁的眼睛,一时光斑碰撞在一起,斑驳迷离。春夏秋冬的风景,仿佛晃动交错在一起,很多记忆,蜂拥而至,随四季变幻而缤纷起来。而且,本来似是而非早已经模糊的娘的影子,似乎也水落石出一般,在四扇屏上清晰地浮现出来。

从北京来呼和浩特之前,我已经在心里算过了,如果娘活着,今年整整一百岁。我对姐姐说了这话之后,姐姐一愣,然后说:"可不是怎么着,娘二十岁生下的我,我今年都八十了。"说完,姐姐又望望墙上的四扇屏。她没有想到这是娘的一百岁,却正好赶上了娘的一百岁。不是心里的情分,不是命运的缘分,又是什么?

亏了姐姐的心细,将这四扇屏珍藏了八十年。这八十年,不要说经历了抗日战争和内战的战乱中的颠沛流离,就是"文化大革命"的"破四旧"运动,也够姐姐受的了。四扇屏是娘留下来的唯一的遗物了。我这才忽然发现,遗物对于人尤其是亲人的价值。它不仅是留给后人的一点仅存的念想,同时也是情感传递和复活的见证。

我想起去年夏天曾经读过徐渭的一首七绝诗,当时觉得写得好,抄了下来:"箧里残花色尚明,分明世事隔前生。坐来不觉西窗暗,飞尽寒梅雪未晴。"这是徐渭写给自己亡妻的,他看到箧里妻子旧衣上的残花而心生的感受与感喟,却是和我此时的心情那么相同。有时候,真的会觉得是冥冥之中的心理感应,莫非去年夏天看到徐渭的诗就已经昭示了今天我要像他在偶然之间看到亡妻的遗物一样,在忽然之间和娘的遗物相遇，让相隔世事的前生，特别在娘一百岁的时候，和我有一个意外的邂逅？

只是，和姐姐相对而坐，面临的不是西窗，而是南窗；飞落的不是梅花和雪花，而是一春以来难得的细雨潇潇。

我想，娘一定在四扇屏上看着我们。那上面有她绣的牡丹、荷花、菊花和梅花，簇拥着她，也簇拥着我们。

生命不仅属于自己

母亲已经去世十几年了，怪得很，还是在梦中常常见到，而且是那样清晰，母亲一如既往地绽开皱纹纵横的笑脸向我说着什么。一个人与一个人的生命就是这样系在一起，并不因为生命的结束而终结。

母亲在晚年，曾经得过一场幻听式的精神分裂症，把她和我都折腾得不轻。记得那一年，母亲终于大病初愈了，那时，我刚刚大学毕业，在学校里教书。因为好几年一直躺在病床上，母亲消瘦了许多，体力明显不支，但总算可以不再吃药了，我和母亲都舒了一口气。记不得是从哪一天的清早开始，我忽然被外屋的动静弄醒，有些害怕。因为母亲以前得的是幻听式的精神分裂症，常常就是这样在半夜和清晨时突然醒来跳下床，我真是生怕她的旧病复发，一颗心禁不住一下子提到嗓子眼儿。我悄悄地爬起来往外看，只见母亲穿好了衣服，站在地上甩胳臂伸腿弯腰的，有规律地反复地活动着，那动作有些笨拙和呆滞，却很认真，看得出，显然是她自己编出来的早操，只管自己去练就是，根本不管也没有想到会被人看见。我的心里一下子静了下来，母亲知道锻炼身体了，这是好事，再老的人对生命也有着本能的向往。

后来，母亲大概发现了她每早的锻炼吵醒了我的懒觉，便到外面的院子里去练她自己编排的那一套早操，她的胳臂和腿比以前有劲多了，饭量也大多了，蓬乱的头发也梳理得整齐多了。正是冬天，清晨的天气很冷，我对母亲说："妈，您就在屋子里锻炼吧，不碍事的，我睡觉死。"母亲却说："外面的空气好。"

也许到这时我也没能明白母亲坚持每早的锻炼是为了什么，以为仅仅是为了她自己大病痊愈后生命的延续。后来，有一次我开玩笑地说她："妈，您可真行，这么冷，天天都能坚持！"她说："咳，练练吧，我身子骨硬朗点儿，省得以后给你们添累赘。"这话说得我的心头一沉，我才知道母亲所做的一切都是为了孩子，她把生命的意义看得这样直接明了。在以后的很多日子里，我常常想起母亲的这句话和她每天清早锻炼身体的情景，便常感动不已。一直到母亲去世的那一天，她都没有给孩子添一点儿累赘。母亲是无疾而终，临终的那一天，她如同预先感知即将到来的一切似的，将自己的衣服，包括袜子和手绢，都洗得干干净净，整齐地叠放在衣柜里。她连一件脏衣服都没有给孩子留下来。

也许，只有母亲才会这样对待生命。她将生命不仅仅看成是自己的，还是关系着每一个孩子的，她就是这样将她的爱通过生命的方式传递着。

我们常说一个人和另一个人的感情是可以相通的，其实，一个人和另一个人的生命更是可以相连的。

四个五角粽

母亲这几年身体大不如前,每年端午节的粽子,不再亲自动手包了,都是孩子们到外面买些五芳斋的粽子吃。母亲包的粽子,可比五芳斋的要好吃得多了,不仅是里面的糯米和五花肉好吃,就是外表的五个尖尖的角翘翘的,也好看。儿子吃完了五芳斋的粽子,常常这样对母亲说。

去年端午节前,母亲忽然兴起,让儿子按照她的要求,买来江米、五花肉和粽叶,要亮亮手艺了。儿子明白母亲的心思,老人是特意包给唯一的孙子吃的。孙子去年暑假去美国留学,读研究生。一年没有回家了,奶奶想孙子,平常不说,做儿子的心里明镜似的清楚。而且,以往孙子最喜欢吃奶奶包的肉粽。

儿子买回来东西,摊在母亲的门前,笑着说:"您给您孙子包好了粽子,得等一个来月呢。"奶奶笑眯眯说:"包好了,冻在冰箱里,等孙子回来吃,照样新鲜好吃。"您这是想孙子心切呢!儿子心里说,没有把话说出来,只是看着母亲把五花肉煨好,把江米泡好,把粽叶一片片挑好,用剪刀沿尖剪齐,也泡在清水里,红的红,白的白,绿的绿，还没包，光看颜色就那样好看。

母亲要等待端午节的头一天晚上，才会上手包粽子。这是老人多年的老规矩，说是时令的食品就得讲究时令，这时候包的粽子米才糯，肉才香，粽子才有粽子味儿。以前，母亲在包粽子前念叨这套经时，儿子总笑。只有孙子支持奶奶，说老规矩就是民俗，能够成为民俗的东西，就得信。

去年的端午节前夕，母亲一个人坐在灯下包粽子，不让人插手。儿子看得出来，母亲很享受包粽子的这个过程，像一个戏迷自己在静静的角落里神情专注地唱念做打，一丝不苟，自得其乐。而且，她是把对孙子的感情和思念，一起包进了粽子里面。只是，母亲的身体真的不如以前，她的动作显得迟缓多了。一盆粽子包好了，她从那一盆粽子里挑了四个粽子，放进冰箱里。母亲说，多了也吃不了，四个，图个四平八稳！儿子看明白了，那四个五角粽，个头儿一般齐，是包得最漂亮的。

盼了一年的孙子回来了，从美国给奶奶带来了好多礼物，其中包括奶奶最爱吃的黑巧克力。奶奶那一宿都没睡好觉，第二天早早就起来了，从冰箱里拿出那四个五角粽，解完冻之后，坐上一锅水，把粽子熥在锅里的笼屉上，等孙子一醒就端上桌，作为迎接孙子的第一顿早餐。

孙子一觉睡到快中午才醒，别人都上班去了，家里只有奶奶。奶奶端来粽子，孙子笑着说："起晚了，起晚了，我和同学都约好了，要迟到了，奶奶，我得先走了。"奶奶端着粽子，望着孙子风风火火的背影大声说："是你爱吃的粽子，你就回来吃吧，别忘了。"孙子大声回答："行，您放在那儿吧，我回来吃。"

都是大学同学，一年没有见面了，聚会一直闹腾到半夜，孙子回到家里，累得倒头就睡，早把奶奶的粽子忘在脑后。问题是，这一天晚上忘了情有可原，却几乎是天天孙子有聚会，不是大学同学，就是中学同学，还有从美国一起回来的研究生同学从外地到北京来玩。孙子几乎是脚不沾地，风吹着的云彩一样没有停下来的时候。

一直到暑假结束，孙子回美国读书去了，那四个五角粽还放在冰箱里。儿子发现粽子已经有些变馊，悄悄拿出来，扔进了垃圾箱。

今年的端午节又要到了，老人却已经病逝了。

母 亲

十年来，我写过许多篇有关普通人的报告文学。我自认为与他们血脉相连，心不能不像磁针一样指向他们。可是，我却从来没有想到我可以，也应该写写她老人家。为什么？为什么？

是的，她比我写的报告文学中那些普通人更普通、更平凡，就像一滴雨、一片雪、一粒灰尘，渗进泥土里，飘在空气中，看不见，不会被人注意。人啊，总是容易把眼睛盯在别处，而忽视眼前的、身边的。于是，便也最容易失去弥足珍贵的。

我常责备自己：为什么现在才想起来写写她老人家呢？前些日子，她那样突然地离开人世，竟没有留下一句话！人的一生中可以有爱、恨、金钱、地位与声名，但对比死来讲，一切都不足道。一生中可以有内疚、悔恨和种种闪失，都可以重新弥补，唯独死不能重来第二次。现在，再来写写对比生命来说苍白无力的文字，又有什么用呢？

我仍然想写。因为她老人家总浮现在我的面前，在好几个月白风清的夜晚托梦给我。面对冥冥世界中她老人家在天之灵，我愈发觉得我以往写的所有普通人的报告文学，渊源都来自她老人家。没有她，便没有我的一切。对比她，我所写的那些东西，都可以毫不足惜地付之一炬。

她就是我的母亲。

一

她不是我的亲生母亲。

1952年，我的生母突然去世。死时，才三十七岁。爸爸办完丧事，让姐姐照料我和弟弟，自己回了一趟老家。我不到五岁，弟弟才一岁多一点儿。我们俩朝姐姐哭着闹着要妈妈。

爸爸回来的时候，给我们带回来了她。爸爸指着她，对我和弟弟说："快，叫妈妈！"

弟弟吓得躲在姐姐身后，我噘着小嘴，任爸爸怎么说，就是不吭声。

"不叫就不叫吧！"她说着，伸出手要摸我的头，我拧着脖子闪开，就是不让她摸。

我偷偷打量着她：缠着小脚，没有我妈漂亮，也没我妈个高，而且年龄显得也大。现在算一算，那一年，她已经四十九岁。她有两个闺女，老大已经出嫁，小的带在身边，一起住进了我们拥挤的家。

后妈，这就是我们的后妈？

弟弟小，还不懂事，我却已经懂事了，首先想起了那无数人唱过的凄凉小调："小白菜呀，地里黄呀，两三岁呀，没有娘呀……"我弄不清鼓胀着一种什么心绪，总是用一种异样的、忐忑不安的眼光，偷偷看她和她的那个女儿。

不久，姐姐去内蒙古修京包线了。她还不满十七岁。临走前，她带我和弟弟在劝业场里的照相馆照了张相片。我们还穿着孝，穿着姐姐新为我们买的白力士鞋。姐姐走了，我和弟弟都哭了。我们把失去母亲之后越发对母亲依恋的那份感情都涌向姐姐。唯一的亲姐姐走了，为了减轻家中添丁进口的负担。

她来了，我们又有妈妈了。姐姐走后，她要搂着我和弟弟睡觉。我们谁也不干，仿佛怕她的手上、胳膊上长着刺。爸爸说我太不懂事，她不说什么。在我的印象中，她进我家来一直很少讲话，像个扎嘴的葫芦。出出进进大院，对街坊总是和和气气，从不对街坊们投来的芒刺般好奇或挑剔的目光表示任何不快。"唉！后娘呀……"隐隐听到街坊们传来的感叹，我心里系着沉沉的石头。我真恨爸爸，为什么非要给我和弟弟找一个后娘来！

对门街坊毕大妈在胡同口摆着一个小摊，卖些泥人呀，糖豆呀，酸枣面之类的。一次路过小摊，她和毕大妈打个招呼，便问我："你想买什么？"

我用眼睛瞟瞟小摊，又瞟瞟她，还没说话，身边跟着她的亲生女儿伸出手指着小摊先说了："妈！我要买这个！"

她打下女儿的手，冲我说："复兴，你要买什么？"

我指着摊上的铁蚕豆，她便从毕大妈手中接过一小包铁蚕豆；我又指着摊上的酸枣面，她便又从毕大妈手中接过一小包酸枣面；我再指着小泥人、指着风车、指着羊羹……我越指越多。我是存心。那时，我小小的心竟像筛子眼儿一样多，用这故意的刁难试探一位新当后娘的心。

她为难地冲毕大妈摇摇头："我没带这么多钱！"

我却嚷着，非要买不成。这么一闹，招来好多人看着我们。她非常尴尬。我却莫名其妙地得意，似乎小试锋芒，我以胜利而告终。

过了些日子，她的大女儿，我叫大姐的从天津来了。大姐长得很像她，待我和弟弟很好。我们一起玩时有说有笑也很热闹，大姐挺高兴。临走前整理东西,她往大姐包袱卷里放进几支彩线,让我一眼看见了。这是我娘的线!我娘活着的时候绣花用的,凭什么拿走?第二天,大姐要走时找这几支彩线,怎么也找不着了。"怪了!我昨儿个傍晌明明把线塞进去了呀!咋没了呢?"她翻遍包袱,一阵阵皱眉头。她不知道,彩线是我故意藏起来了。

送完大姐回天津,爸爸从床铺褥子下面发现了彩线,一猜就是我干的好事,生气地说我:"你真不懂事,藏线干什么?"

我不知怎么搞的,委屈地哭起来:"是我娘的嘛!就不给!就不给!"

她哄着我,劝着爸爸:"别数落孩子了!许是我糊涂了,忘了把线放在这儿了……"我越发得理似的哭得更凶了。

咳!小时候,我是多么不懂事啊!

二

几年过去了。我家里屋的墙上,依然挂着我亲娘的照片。那是我娘死后,姐姐特意放大了两张12寸的照片,一张她带到内蒙古,一张挂在这里。我和弟弟都先后上学了,同学们常来家里玩。爸爸的同事和院里的街坊有时也会光顾,进屋首先都会望见这张照片。因为照片确实很大,在并不大的墙上很显眼。同学们小,常好奇地问:"这是谁呀?"大人们从来不问,眼睛却总要瞅瞅我们,再瞅瞅她。我很讨厌那目光。那目光里的含义让人闹不清。

随着年龄的一天天增长,我的心态变得盛满过多复杂的情感。我对自己的亲姐姐越发依恋,也常常望着墙上亲娘的照片发呆,想念着妈妈,幻想着妈妈又活过来同我们重新在一起的情景。有时对她会莫名其妙地发脾气。她从不在意,更不曾打过我和弟弟一根手指头,任我们向她耍着性子，拉扯着她的衣角，街坊四邻都看在眼里。

许多次，爸爸和她商量："要么，把相片摘下来吧？"

她眯缝着眼睛瞧瞧那比真人头还大的照片，摇摇头。

于是，我娘的照片便一直挂在墙上，瞧着我们，也瞧着她。她显得很慈祥。头一次，我对她产生一种说不出的好感。但叫她妈妈一时还叫不出口。

那时候，没有现在变形金刚之类花样翻新的玩具，陪伴我和弟弟度过整个童年的只有大院里两棵枣树，我们可以在秋天枣红的时候爬上树摘枣，顺便可以跳上房顶，追跑着玩耍。再有便只是弹玻璃球、拍洋片了。我不大爱拍洋片，拍得手怪疼的；爱玩弹球，将球弹进挖好的一个个小坑里，很像现在的高尔夫球、门球的味道。玩得高兴了，便入迷得什么都不顾了，仿佛世界都融进小小透明的玻璃球里了。一次，我竟忘乎所以将球搁进嘴里，看到旁的小孩子没我弹得准时兴奋地叫起来，"咕碌"一下把球吞进肚子里。孩子们惊呆了，一个孩子恐惧地说："球吃进肚皮里要死人的！"我一听吓坏了，哇哇哭起来。哭声把她拽出屋，一见我惊慌失措的样子，忙问："怎么啦？"我说："我把球吃进肚子里了！"一边说着，我又哭了起来。她很镇静，没再讲话，只是快步走到我身边，蹲下身子一把解开我的裤带，然后用一种我从未听过的、带有命令的口吻说："快屙屎，把球屙出来就没事了！"我吓得已经没魂了，提着裤子刚要往厕所跑，被她一把拽住："别上茅房，赶紧就在这儿屙！"我头一次乖乖地听了她的话，顺从地脱下裤子，蹲下来屙屎。小孩们看见了，不住地笑。她一扬手，像赶小鸡一样把他们赶走："都家去，有啥好笑的！"

这一刻，她不慌不乱，很有主意。我一下子有了主心骨，觉得死已经被她推走了，便憋足劲屙屎。谁知，偏偏没屎。任凭憋得满脸通红就是屙不出来。她也蹲着，一边看看我的屁股，一边看看我："别急!"说着,用手帮我揉着肚子:"这会儿球也不能那么快就到了屁股这儿,刚进肚儿,它得慢慢走。我帮你擀擀肚子!"我不知道她为什么一直把揉肚子叫擀肚子,但她擀得确实舒服,以后我一肚子疼就愿意叫她擀。她不光擀肚子这块,还非得叫我翻过身擀后背。她说就像烙饼得翻个儿一样,只有两面擀才管用。这时候,我第一次感受到她那骨节粗大的手的温暖和力量。不知擀了多半天,屎终于屙出来了。多臭的屎啊!她就那样一直蹲在我的旁边,不错眼珠望着那屎,直到看见屎里果真出现了那颗冒着热气圆鼓鼓的小球时,她高兴地站起来,走回家拿来张纸递给我:"没事了,擦擦屁股吧!"然后,她用土簸箕撮来炉灰撒在屎上,再一起撮走倒了。

孩子没有一盏是省油的灯,大人的心操不完。我们大院门口对面是一家叫泰丰粮栈的大院,很气派,门前有块挺平坦宽敞的水泥空场。那是我们孩子的乐园。我们没事便到那儿踢球、抖空竹,或者漫无目的地疯跑。一天上午,那儿摆着个大车轱辘,两只胶皮轮子中间连着一根大铁轴。我们在公园玩过踏水车的玩具,便也一样双脚踩在铁轴上,双手扶着墙,踩着轱辘不住地转,玩得好开心。我忘了小孩能有多大劲,那大轱辘怎么会听我们摆布呢?它转着转着就不听话,开始往后滚。这一滚动,其他几个孩子都跳下去了,唯独我笨得脚一踩空,一个栽葱摔到地上,后脑勺着着实实砸在水泥地上,立刻晕了过去。

等我醒来时已经躺在医院里,身旁是她和同院的张大叔。张大叔告诉我:"多亏了你妈呀!是她背着你往医院跑,我怕她背不动你,跟着来搭把手,她不让,就这么一直背着你。怕你得后遗症,求完大夫求护士的。你妈可真是个好人啊……"

她站在一边不说话,看我醒过来,俯下身来摸摸我的后脑勺,又摸摸我的脸。

我不知怎么搞的,眼泪怎么也控制不住流了下来。

"还疼？"她立刻紧张地问我。

我摇摇头，眼泪却止不住往下流。

"你刚才的样子真吓死人了！"张大叔说。

回家的时候，天早已黑了。从医院到家的路很长，还要穿过一条漆黑的小胡同，我一直伏在她的背上。我知道刚才她就是这样背着我，颠着小脚，跑了这么长的路往医院赶的。

以后许多天，她不管见爸爸还是见街坊，总是一个劲埋怨自己："都赖我，没看好孩子！千万可别落下病根儿呀……"好像一切过错不在那大车轱辘，不在那硬邦邦的水泥地，不在我那样调皮，而全在于她。一直到我活蹦乱跳一点儿事没有了，她才舒了一口气。

这就是我的童年、我的少年。除了上学，我们没有什么可玩的。爸爸忙，每天骑着那辆像侯宝林在相声里说的除铃不响哪儿都响的破自行车，从我家住的前门赶到西四牌楼上班，几乎每天两头不见太阳。她也忙，缝缝补补，做饭洗衣，在我的印象中，她一直像鸵鸟一样埋头在我家那个大瓦盆里洗衣服，似乎我们有永远洗不完的破衣烂衫。谁也顾不上我们，我们只有自己想办法玩，打发那些寂寞的光阴。

一次，我和弟弟捉到几只萤火虫，装进玻璃瓶里，晚上当灯玩。玩得正痛快呢，院里几个比我大的男孩子拦住我们，非要那萤火虫灯。他们仗着自己人高马大，常常蛮不讲理欺侮我和弟弟这没娘的孩子。说实在的，那时我们怕他们，受了欺侮又不敢回家说，只好忍气吞声。这一次非要我们的萤火虫灯，真舍不得。他们毫不客气一把夺走，弟弟上前抢，被他们一拳打在脸上，鼻子顿时流出血来。我和弟弟一见血都吓坏了。回家路过大院的自来水龙头，我接了点儿凉水，替弟弟把脸上的血擦净，悄悄嘱咐："回家别说这事！"

弟弟点点头，回家就忘了。我知道他委屈。爸爸是个息事宁人的老实人，这回也急了，拉着弟弟要找人家告状。她拦住了爸爸：

"算了！"

我挺奇怪，为什么算了？白白挨人家欺侮？

她不说话。弟弟哭。我噘着嘴。

晚上睡觉时，我听见她对爸爸说："街坊四邻都看着呢。我带好孩子，街坊们说不出话来，就没人敢欺侮咱孩子！"

当时，我能理解一个当后娘的心理吗？她就是这样一个人，一直到去世也没和任何人红过一次脸。她总是用她那善良而忠厚的心去证明一切，去赢得大家的心。以后，院里大孩子再欺侮我们，用不着她发话，那些好心的街坊大婶大娘便会毫不留情地替我们出气，把那些孩子的屁股揍得"啪啪"山响。

这样一件事发生后，街坊们更是感叹地说："就是亲娘又怎么样呢？"

那是她的小闺女长到十八岁的时候。她一直怕人家说自己是后娘待孩子不好，凡事都尽着我和弟弟。哪怕家里有点好吃的，也要留给我们而不给自己的闺女。我们的小姐姐老实、听话，就像她自己一样。小姐姐上学上得晚，十八岁这一年初中刚毕业。她叫她别再上学了，到内蒙古找我姐姐去，接着让我姐姐给介绍了个对象，闪电式结了婚。一纸现在越发金贵的北京户口，就这样让她毫不犹豫地抛到内蒙古京包线上一个风沙弥漫的小站。那一年，我近十岁了，我知道她这样做为的是免去家庭的负担，为的是我和弟弟。

"早点儿寻个人家好！"她这样对女儿说，也这样对街坊们解释。

小姐姐临走时，她把闺女唯一一件像点儿样的棉大衣留下来："留给弟弟吧，你自己可以挣钱了，再买！"那是一件粗线呢的厚厚大衣，有个翻毛大领子，很暖和。它一直跟着我们，从我身上又穿到弟弟身上，一直到我们都长大了，再也用不着穿它了，她还是不舍得丢，留着它盖院子里冬天储存的大白菜。以后，她送自己的闺女去内蒙古。

她没讲什么话，只是挥挥手，然后一只手牵着弟弟，一只手领着我。当时，我懂得街坊们讲的话吗？"就是亲娘又怎么样呢？"我理解作为一个母亲所做的牺牲吗？那是她身边唯一的财富啊！她送走了自己亲生的女儿，为的是两个并非亲生的儿子啊！

　　记得有一次，爸爸领我们全家到鲜鱼口的大众剧场看评戏。那戏名叫《芦花记》，是一出讲后娘的戏。我不大明白爸爸为什么选择这出戏带我们来看。我一边看戏，一边偷偷地看坐在身旁的她。她并不那么喜欢看戏，也看不大懂，总得需要爸爸不时悄悄对她讲述一遍情节才行。我不清楚她看了这出演后娘的戏会有什么感触，我自己心里却翻江倒海，滋味浓得搅不开。那后娘给孩子穿用芦花假充棉花却不能遮寒的棉衣，使我对后娘充满恐惧和厌恶。但坐在我身边的她，是这样的人吗？不是！她不是！她是一位好人！她是宁肯自己穿芦花做的棉衣，也决不会让我和弟弟穿的。我给我自己的回答是那样肯定。

　　我不爱听评戏。从那出《芦花记》后，我再也没看过第二场评戏。

　　妈妈！我忘记了是从哪一天开始叫她妈妈的，但我肯定在看了这出评戏之后。

三

　　童年和少年，是永远回忆不完的，像是永远挖不平的大山。那时，我们因节节拔高而常常看不起目不识丁的母亲；常常会在不知不觉中忘记了她的存在。当一切过去了，才会看清楚过去的一切，如同潮水退后的石粒一般，格外清晰地闪着光彩显露出来。

　　小学高年级，我的自尊心其实是虚荣心突然胀胀的，像爱面子的小姑娘。妈妈没文化，针线活做得也不拿手，针脚粗粗拉拉的。从她来以后，我和弟弟的衣服、鞋都是她来做。衣服做得像农村孩子穿的，却洗得干干净净。这时候，我开始嫌那对襟小褂子土；嫌那前面没有开口的掩裆裤太寒碜；嫌那踢死牛的棉鞋没有五眼可以系带……我开始磨妈妈磨爸爸给我买商店里卖的衣服穿。这居然没有伤了她的心，她反倒高兴地说："孩子长大了，长大了！"然后，她带我们到前门外的大栅栏去买衣服。上了中学以后，她总是把钱给我，由我自己去挑去买。而她只是在衣服扣子掉了的时候帮我缝上；衣服脏的时候埋头在那大瓦盆里洗啊洗。

我甚至开始害怕学校开家长会，怕妈妈颠着小脚去，怕别人笑话我。我会千方百计地不要她去，让爸爸参加。如果实在没有办法，她必须去，我会在开会前羞得很，会后又会臊不答答的，仿佛很丢人。前后几天，心都紧张得很，皱巴巴的，怎么也熨不平。其实，她去学校开家长会的机会很少，但我仍然害怕，我实在不愿意她出现在我们学校里。反正，那时我真够浑的。

一年暑假，我磨着要到内蒙古看姐姐。爸爸被我折磨得没办法，只好答应了。听说学校开张证明，便可以买张半费的学生火车票。爸爸去了趟学校，碰壁而归。校长说学生只有去探望父母才可以买半费学生票，看姐姐不行。我知道那位脸总是像刷着糨糊一样绷得紧紧的校长，他说出的话从来都是钉天的星。我们谁见了他都像耗子见了猫一样，躲得远远的。

妈妈说："我去试试！"

我不抱什么希望。果然她也是碰壁而归。不过她不是就此罢休，接着再去，接着碰壁。我记不清她究竟几进几出学校了。总之，一天晚上，她去学校很晚没回家，爸爸着急了，让我去找。我跑到学校，所有办公室都黑洞洞的，只有校长室里亮着灯。我走进校长室门，没敢进去。平日，我从未进过一次校长室。只有那些违反校规、犯了错误的同学才会被叫进去挨训。我趴在门口听听里面有什么动静，没有。什么动静也没有。莫非没人?妈妈不在这里?再听听,还是没有一点儿声响。我趴在窗户缝瞅了瞅,校长在,妈妈也在。两人演的是什么哑剧?

我不敢进去,也不敢走,坐在门口的石阶上等。不知过了多半天,校长的声音吓了我一跳:"大妈!我算服了您了!给您,证明!我可是还没吃饭呢!"接着就听见椅子响和脚步声,吓得我赶紧兔子一样跑走,一直跑出学校大门。我站在离校门口不远的一盏路灯下,等妈妈出来。我老远就看见她手里攥着一张纸,不用说,那就是证明。

她走过来,我叫了一声:"妈!"愣愣的,吓了她一跳,一见是我,把证明递给我:"明儿赶紧买火车票去吧!"

回家的路上,我问她:"您用什么法子开的证明呀?"我觉得她能把那么厉害的校长磨得同意了,一定有高招。

她微微一笑:"哪儿有啥法子!我磨姜捣蒜就是一句话:复兴就这么一个亲姐姐,除了姐姐还探啥亲?不给开探亲证明哪个理?校长不给开,我就不走。他学问大,拿我一个老婆子有啥法子!"

"妈!您还真行!"

说这话,我的脸好红。我不是最怕妈妈去学校吗?好像她会给我丢多大脸一样。可是,今天要不是她去学校,证明能开回来吗?

虚荣心伴我长大。当浅薄的虚荣一天天减少,我才像虫子蜕皮一样渐渐长大成人。而那时候,我懂得多少呢?在我心的天平上,一头是妈妈,一头却是姐姐。尽管妈妈为我付出了那样多,我依然有时忘记了妈妈的情意,而把天平倾斜在姐姐的一边。莫非是血脉中种种遗传因子在作怪吗?还是心中藏有太多的自私?

大约六年级那一年,我做了一件错事。姐姐逢年过节都要往家里寄点儿钱。那一次,姐姐寄来三十元。爸爸把钱放进一个棕色牛皮小箱里。那箱是我家最宝贵的东西,所有的金银细软都装在里面。

那时所谓的金银细软，无非是爸爸每月领来的七十元工资、全家的粮票、油票、布票之类。我一直顽固地认为：姐姐寄来的钱就是给我和弟弟的。如果没有我和弟弟，她是不会寄钱来的。爸爸上班后，我趁妈妈不在家的时候，走近那棕色的小牛皮箱。箱子上只有一个铜吊镣，没有锁头，轻轻一掀，箱盖就打开了。我记得挺清楚，五元一张的票子六张躺在箱里，我抽走一张跑出了屋。那时，我迷上了文学，尤其是古典诗词。我从同学手里借了一本《千家诗》，全都抄了下来，觉得不过瘾，想再看看新的才能满足。手中有五元钱一张"咔咔"直响的票子，我径直跑往大栅栏的新华书店。那时五元钱真经花，我买了一本《宋词选》，一本《杜甫诗选》，一本《李白诗选》，还剩一块多零钱。捧着这三本书，我像个得胜回朝的将军得意扬扬地回到家，一看家里没人，把书放下便跑到出租小人书的书铺，用剩下的钱美美地借了一摞书。我忘记了，那时五元钱对于一个每月只有七十元收入的家庭意味着什么。那并不是一个小数字。

我正读得津津有味，爸爸突然走进书铺。我这才意识到天已经暗了下来。我发现爸爸一脸怒气，叫我立刻跟他回家。一路上，他走在前面，我跟在后面，活像犯了错的小狗，耷拉着耳朵垂着尾巴。我知道大事不好。果然，刚进家门，爸爸便忍不住，把我一把按在床上，抄起鞋底子狠狠地打在我的屁股上。爸爸什么话也不讲。我不哭，也没有叫。我和爸爸都心照不宣，我心里却在喊："姐姐！姐姐！你寄来的钱是给谁的？是给我的！我的！"

我生平头一次挨打。也是唯一一次。

妈妈就站在旁边。她一句话也没说，就那么看着，不上来劝一劝，一直看着爸爸打完了我为止。

吃饭时，谁也不讲话，默默地吃，只听见嚼饭的声音，显得很响。妈妈先吃完饭，给爸爸准备明天上班带的饭，其实我天天看得见，但仿佛这一天才看清楚：只是两个窝头，一点儿炒土豆片而已。爸爸每天就吃这个。大冬天，刮多大风、下多大雪，也要骑车去，不肯花五分钱坐车，我却像大爷一样五元钱一下子花掉。我忽然感到很对不起爸爸，觉得是我错了，我活该挨打。妈妈不劝也是对的，为的是我长个记性。

饭后，爸爸叮嘱妈妈："明儿买把锁，把小箱子锁上！"

第二天，那个棕色小皮箱没有上锁。

第三天，妈妈仍然没有锁上它。

在以后的岁月里，那箱子始终没有上锁。为此，我永远感谢妈妈。那是一位母亲对一个犯错误孩子的信任。对于儿子，只有母亲才会把自己的一切向儿子敞开着……

四

我上初中的时候，正赶上三年自然灾害。那时，弟弟上小学三年级。我们正在长身体、要饭量的裉节儿。一下子，家里月月粮食出奇紧张，我们的肚子出奇地大，像是无底洞，塞进多少东西也没有饱的感觉。

星期天，爸爸对我们说："今天带你们去个好地方！"

爸爸、妈妈领着我们兄弟俩来到天坛城根底下。妈妈一下神采焕发，蹲下来挖了两棵野菜。原来是挖野菜来了！爸爸口中念念有词："野菜更有营养！"我和弟弟谁也不信，都觉得那玩意很苦。挖野菜，妈妈是行家。她在农村待过好多年，逃过荒、要过饭，闹饥荒的岁月就是靠吃野菜过来的。她很得意地告诉我和弟弟这叫什么菜、那叫什么菜，那样子很像老师指着黑板告诉我们什么是正确答案。此后，我写小说时要写一段有关野菜的具体名字时问她，她依然眼睛一亮，得意地告诉我什么是苘菜、马齿苋、曲公菜、苦苦菜、老瓜筋、洋狗子菜、牛舌头棵……就是这些名目繁多味道却十分苦涩的野菜，充饥在妈妈和爸爸的肚子里。那时，从天坛城根挖来的野菜，被妈妈做成菜团子（用玉米面包着野菜做馅和食品），大多咽进她和爸爸的胃里，而把馒头和米饭让给我和弟弟吃。野菜到底是野菜，就在灾荒眼瞅着快要过去的时候，爸爸妈妈却病倒了。

先是爸爸，患上高血压，由于饥饿，全身浮肿，脚面像被水泡过发酵一般，连鞋都穿不进去。他上不了班，只好提前退休，每月拿百分之六十的工资，全家只有靠爸爸的42元钱过日子了。紧接着，妈妈病了，那么硬朗的身子骨也倒下了。

我永远不会忘记那一夜。

那时，我将初三毕业，弟弟小学毕业，正要毕业考试之际。一天半夜里，我被里屋妈妈一阵咳嗽刺醒，睁眼一看见里屋的灯亮着。爸爸和妈妈正悄悄说着话。我听出来是妈妈吐血了。我再也睡不着，用被子捂着脸偷偷地哭了，又不敢哭出声，怕惊动弟弟和他们。我知道，这一切是为了我们。我们这些孩子有什么用！我们就像趴在他们身上的蚂蟥，在不停吸吮着他们的血呀！我们快长大了，他们的血也快被吸干了。

第二天上午，我对他们讲："爸！妈！我不想上高中了，想报中专！"上中专吃饭不用花钱，每月还能有点助学金。

爸爸一听很吃惊："为什么？你一定得上高中，家里砸锅卖铁也要供你！"爸爸知道我初中几年都是优良奖章获得者，盼我上高中、上大学。

妈妈坐在一旁不说话，只是不断地咳。她每咳一声，都像鞭子抽打在我的心上。那一刻，我真想扑在她的怀里大哭一场。

爸爸又说："你听见吗？一定要上高中！"他见我不答话，生气地一再逼我答应。

我急了,流着泪嚷了句:"妈都吐血了,我不上!"

这话让他们都一惊。妈妈把我叫到她身边,说:"你听谁瞎咧咧?我没——"

"您甭骗我了!昨夜里你们的话,我都听见了!"

她本来就不会讲瞎话,让我这么一说更不会遮掩了:"妈妈是没事!我以前身子骨好,你放心!上学可是一辈子的事。妈妈一辈子没文化,你可要……"她说着有生以来最多的一次话。她说得不连贯,讲不出什么道理,但我都明白。

"你快别惹你爸生气,你爸有高血压。听见不?就点点头说你上高中!"

她说着,望着我。我望着她蜡黄的脸上皱纹一道道的,心里不禁一阵阵抽搐。

"你快答应吧!"她急得掉出眼泪。

我不忍心她这样悲伤近乎哀求一样对我说话,只好点了点头。

当天,爸爸把这事写信告诉了姐姐。就是从那个月起,姐姐每月寄来三十元钱,一直寄到我到北大荒插队。我知道我只能上高中,只能好好学习,比别人下更大的苦功夫学!

爸爸一辈子留下有两件值钱的东西:一是那辆破自行车;另是一块比他年纪还要老的老怀表。他卖掉了这两样东西,给妈妈抓来中药。我卖掉了集起来的一本邮集,又卖掉几本书,换来一些钱,交到妈妈的手中。我想让妈妈的病快点儿好起来,心想妈妈会为我这孝顺高兴的。谁知她听说我卖了书,什么话也没说,眼泪落了下来。弄得我不知怎么回事,一个劲儿地问:"妈,您怎么啦?"

"你真不懂事啊!真不懂事!我为了什么?你说!你怎么能卖书呢?"

我讲不出一句话。妈妈，你病成这样子，想的还是要我读书！

"你答应我以后再也不干这傻事了！"

我只好点点头。

我升入高中。就在高一这一年下乡劳动中，我上吐下泻病倒了。同学赶着小驴车连夜把我送到长途汽车站。我回到家后几天高烧不退，昏迷不醒，可吓坏了爸爸妈妈。一位邻居对妈妈说："孩子是魂儿丢了。你得快替孩子招招魂！"妈妈赶紧脱下鞋，用鞋底子拍着门槛，嘴里大声反复叫着："复兴，我的儿呀，你快回来吧！复兴，我的儿呀，你快回来吧！"然后不住叫我的名字："你答应啊！复兴，你答应啊！"

躺在床头迷迷糊糊听见她在叫我，我不应声。我当时刚刚加入共青团，又是学校堂堂的学生会主席，自以为很革命，怎么能信招魂这迷信的一套呢？我不应声，妈妈便越发用鞋底子使劲拍门槛，越发大声叫："复兴，你答应啊……"那声音越发充满着紧张和急迫，直到后来嗓子哑了、带着哭音了。她是那样虔诚地想相信我的魂还未被她招回。我的性子可真拧，或者说我的革命性可真坚定，妈妈就这样叫了我半宿，我硬是不应声。

弟弟在一旁急了，撺掇我："你快答应一声吧！"没办法，我只好有气无力地应了一声："呃！"妈妈长舒一口气，穿上鞋站起来走到我身边，说："总算把魂招回来了！没事了，你病快好了。"

病好之后，我说她："妈！大半夜的叫魂，多让人难为情。您可真迷信！"

她一笑："什么迷信不迷信！你病好了，我就信！"

这就是我的母亲！在所有人面前，我从来不讲她是后娘，也绝不允许别人讲。

我忽然想起这样一件事。那时，我在学校食堂吃一顿午饭，负责打饭、分饭。我们班有个眼皮有块疤癞的同学，有一次非说我分给他的饭少了，横横地对我说："怎么给我这么点儿？你后娘待你也这样吧？"我气得浑身发抖，扔下盛馒头的簸箩，和他扭打了起来。我从来没和别人打过架，自小力气便弱。疤瘌眼是个嘎杂子琉璃球的个别生，很会打架。我知道我打不过他，可还是要打。结果，吃亏的当然是我，我被他打得鼻青脸肿。但他也没占什么便宜，开始起，他毫无准备被我朝他的小肚子上结结实实打了好几拳。

回到家，见我狼狈的样子，妈妈吓坏了，忙问："小祖宗，你这是怎么啦？"

"没什么！"我没告诉妈妈。但我觉得我值得。我为妈妈做了点什么。虽然，也付出了点儿什么。

五

我是用爸爸的一条命从北大荒换回来的。

"文化大革命"中，我和弟弟分别到了北大荒和青海。那时，我们热血沸腾，挥斥方遒，一心只顾指点江山，而把两个老人那样毅然决然、毫无情义地抛在家里，像抛在孤寂沙滩的断楫残桨。我们只顾自己年轻，却忘记了老人的年龄。1973年秋天，我和弟弟回北京探亲，我刚刚返回北大荒不几日，而弟弟还在途中，电报便从家中拍出：父亲脑溢血突然病故在同仁医院。我们匆匆往家中赶，三个姐姐先赶到家。我进门第一眼便看见妈妈臂上带着黑箍，异常刺目。死亡，是那样突然、那样无情，又是那样真实。我的心一下子紧缩起来。

妈妈很冷静。听到爸爸去世的消息，她孤零零一个人赶到同仁医院。我们都是她的儿女啊，却没有一个人在她的身边。在她最需要我们的时候，我们却远在天涯，只顾各奔自己的前程。

好心的街坊问她："肖大妈，有没有孩子们的地址？找出来，我们帮您打电报！"她从床铺褥子底下找出放好的一封封信。那是我们几个孩子这几年给家中寄来的所有的信。她看不懂一个字，却完完整整保存完好；虽目不识丁，却能从笔迹中准确无误辨认出哪封是我、是弟弟、是姐姐们寄来的。街坊们告诉我："你妈这老太太真是刚强的人，一滴眼泪都没掉，等着你们回来！"街坊就是按这些信封上的地址给我们几个孩子分别拍来电报。

清冷的家，便只剩下妈妈一个人。我这时才发现，她已经老了，头发花白了，皱纹像菊花瓣布满瘦削的脸上。我算算她的年龄，这一年，她整整七十岁了。年轻和壮年的时光一去不返，我们却以为她还不老，还可以奔波。我的心中可曾装有几多老人的位置？我感到很内疚。父亲丧事料理妥当，姐姐、弟弟分别回去了，我留下没走。我决心一定要办回北京，决不让妈妈一个人茕茕孑立，守着孤灯冷壁、残月寒星地生活！

我回到北京，开始了待业的生涯。姐姐又开始每月寄来30元。弟弟也往家寄来钱。我和妈妈真正相依为命的日子是从这时候开始的。以往，我觉得并没有像这时候一样感到心贴得如此近，感到彼此是个依靠，是不可分离的。

当我像家中的男子汉一样，要支撑这个家过日子了，才发现家里过冬的煤炉是一个小小圆孔小肚的炉子，早已经落后了十年甚至二十年。它无法封火，又无烟道，极易煤气中毒。院里没有一家再用这种老式简易炉子了。而妈妈却还在用！而我几次探亲，居然视而不见！我真是个不孝的子孙！我骂自己。我想起刚刚到北大荒正赶上大雨收割小麦，双腿陷入深深的沼泽中，便写信让家里给我买双高腰雨靴寄来。买新的，没那么多钱；买旧的，得到天桥旧货市场，妈妈走不了那么远的道。那时候我怎么就没有想到呢？是妈妈托街坊毕大妈的儿子到天桥旧货市场帮我买的。我连想也没想，接到雨靴便穿在脚上去战天斗地了。这年冬天，又写信向家里要条围脖，好抵御北大荒朔风如刀的"大烟泡"。这一回，毕大妈的儿子到吉林插队了，妈妈没有了"拐棍"，只好自己到王府井，爬上百货大楼，替我买了一条蓝围巾。我怎么就没有想到呢？她是踩着小脚走去的呀！这已经是她力不胜任的事情了。我接到围巾时，发现那是条女式围巾，连围都没围便送给了别人。我怎么就没想到那是妈妈眯缝着昏花的老眼挑了又挑，觉得这条围巾又长又厚，才特意买下的，为的是怕我冷呀！当时，我什么都没想，随手将围巾送给了人，只顾嚼着那围巾里包裹的一块块奶糖……

我实在不知道人生的滋味，不知道妈妈的心。妈妈细致的爱如同润物无声的春雨，却只打在我那粗糙、梆硬如同水泥板的心上，没有渗进，只是悄无声息地流走了……

我望着那已经铁锈斑斑、残破不全的煤炉，一股酸楚和歉疚拱上嗓子眼。我对妈妈说："妈，咱买个炉子去吧！"

"买什么呀！还能用！"

"不！买个吧！这炉子容易中煤气！"

大概是后一句话打动了妈妈，同意去买个炉子。实际上，她是怕我中煤气。莫非我的命就比她金贵吗？

我不知道那年头买炉子还要票，我也不知道妈妈找到街道办事处是怎样磨到了一张票。她和我从前门转到花市，就像如今买冰箱彩电一样，挑了这家又挑那家。那时，炉子确实是家中一个大物件。最后终于买到一个煤球、蜂窝煤两用炉。我和妈妈一人一只手抬着这个炉子，从花市抬到家里，足足得走两里多的路呢。妈妈竟然那么有劲儿，想想她老人家都是七十岁的人了呀。我家中有史以来第一次冬天生起这样正规的炉子。那是我家第一件现代化的东西。红红的炉火苗冒起来，映着妈妈已经苍老的脸庞，她那样高兴，身旁有了我，她像是有了底气。我回家为妈妈做的第一件事，便是买这个炉子。且以新火试新茶，我和妈妈新的生活就是从这炉子开始的。

我的待业生涯并不长，大约半年过后，我在郊区一所中学教书，每月可以拿到薪水四十二元半。我将这第一个月工资交给妈妈，她把钱放进那棕色牛皮箱里，就像当年爸爸每月将工资交给她由她放好一样。节省是一门学问，是一项只有在人生苦难中才会磨炼出来的本领。妈妈就有这种本领和学问。每月四十二元半，两个人过日子并不富裕。她料理得有理有条，中午自己从不起火做饭，只是用开水泡泡干馒头和米饭，就几根咸菜吃；每天只买两角钱肉，都是留到晚上我下班回家吃。而我当时却偏偏还在迷恋文学，还要从这紧巴巴的日子里挤出钱来买书、买稿纸。每次妈妈从那小皮箱里拿钱，她从不说什么。每次我问："还有钱吗？"她总是说："有！有！拿去买你的书吧！"仿佛那箱子是她的万宝箱，钱是取之不尽的。

我清楚：我的书一天天增多，家里的日子一天天紧巴巴，妈妈脸上的皱纹一天天加深。

一天傍晚下班回家，还没进家门，听见一阵婴儿的啼哭声从屋里传出。谁的小孩？我们家任何亲戚都不曾有这样小的孩子呀！家里出了什么事？我心里很不安，走进家门，看见妈妈正给躺在床上的一个婴儿换褥子。

"妈！这是谁家的孩子？"

"我给人家看的。"

妈妈抱起正在啼哭的孩子，一边拍着、哄着，一边对我说。

"谁叫您给人家看孩子？"

"每月30元钱，好不容易托人才找到这活的！"妈妈说着，显得挺激动。那时，每月增加30元，对我家来说差不多等于生活水平翻一番呢。她抱着孩子，像抱着一面旗，很有些自豪："这孩子挺听话，不闹人！孩子他妈还挺愿意我给看……"

"不行！您把孩子送回去！"我粗暴地打断妈妈兴头上的话。生平头一次，我冲妈妈发这么大火："现在就送回去！"

妈妈也急了，泥人还有个土性呢，冲我也叫道："你还要吃人呀？"

"不行，您现在就把孩子送回去！"我不听妈妈那一套，铁嘴钢牙咬紧这一句话。我只觉得让年纪这么大的妈妈还在为生计操劳，太伤一个男子汉的尊严，让街坊四邻知道该多笑话我没出息、没能耐！

争吵之中，孩子哭得更响了。妈妈和我都在悄悄地擦眼角。最后，妈妈拧不过我，只好抱着孩子送回去了。她回来后，我们谁也不讲话。整整一晚上，小屋静得出奇。我心里很难受，很想找话茬儿对妈妈讲几句什么，却一句也说不出。

第二天清早，妈妈为我准备好早饭，指着我鼻子说了句："你这孩子呀，性子太犟！"昨天的事过去了。妈妈终归是妈妈。

傍晚下班回家，一进门，好家伙，家里简直变了样。床上、地上全是五颜六色的线团和绒布。本来不大的屋子，一下子被这东西挤得更窄巴了。妈妈被这些彩色的线簇拥着，只露出半个身子，头发上沾满了线毛。

这一回，妈妈见我进屋就站起来，抖落一身的线毛，先发制人："这回你甭管！我一定得干！拆一斤线毛有×角钱（我忘记具体是几角钱了，只记得拆的线毛是为工厂擦机器的棉纱）。这点钱不多，每天也能添个菜！再说你爸一死，我也闷得慌，干点儿活也散散心。你不能不让我干！"

我还能说什么呢？妈妈的性子也够犟的！她从没上过一天班，没拿过一分钱工资。她一无所有，没有财富没有文化也没有了青春，正如现在那首歌里唱的："脚下这地在走，身边那水在流，可我却总是一无所有。"她所有的只是一颗慈爱的心和一双永远勤劳不知累的大手。

即使如今她老了，还将她那最后一缕绿荫遮挡我，将她最后一抹光辉洒向我。那些个小屋里弥漫着彩色棉纱的夜晚，给我们的家注满了温馨和愉悦。我就是这样坐在妈妈身旁，帮妈妈用废钢锯条拆着那彩色线毛。妈妈常笑我笨，拆得不如她快、她利索……

一次参加朋友的婚礼，招待我喜糖，里面有金纸包装的蛋形巧克力。说起来脸红，那时我还从未尝过巧克力。小时候，只有在过年时才能吃到硬块水果糖，最好的也只是牛奶糖。嚼着另一种味道的巧克力，我忽然想起还在灯下拆线毛的妈妈，她也从来没吃过这种糖呀！我偷偷拿了两块金纸巧克力，装进衣兜里。婚礼结束后回到家，我掏出那两块巧克力对妈妈说："妈！我给您带来两块巧克力，您尝尝！"谁知衣兜紧靠身体，暖乎乎的身子早把巧克力暖化了。打开金纸只是一团黑乎乎、黏糊糊的东西了。我好扫兴。妈妈用舌头舔了舔，却安慰说："恶苦！我不爱吃这营生……"

我一把揉烂这两块带金纸的巧克力，心里不住地发誓：我一定让妈妈过上一个幸福的晚年。

六

妈妈病了。谁也不会想到身体一直那么结实、心地那么宽敞的妈妈会突然发病，而且是精神病。

起初，我没有一点儿思想准备，一直不相信这残酷的现实。有时半夜，她蹑手蹑脚地走到我的床头，伏在我的耳边悄悄地说话，生怕别人听见："你听见了吗？隔壁有人在嘀咕咱娘儿俩，要害咱娘儿俩！"我坐起来仔细听，哪有什么声响！我劝她快睡觉："没有的事！"越说不信她的话，她越着急。一连几夜如此，弄得我心烦得很："妈！您耳朵有毛病了吧？没人嘀咕，咱又没招人家，没人要害咱们，也没人敢害咱们！"她一听就急了，先压低嗓门："我的小祖宗，你小点儿声，不怕人家听见！"然后生气地伸手捂住我的嘴。

"没有的事，您自个儿尽胡思乱想！"我也急，不知该怎么向她解释才好。越解释，她越生气："怎么，我的话你都不信？我这么大年纪了还能胡说八道？你呀，你甭不信，你就等着人家来害你吧！"

我不知该怎么办才好。

突然，一天夜里，正飘着秋天凄苦的细雨。她又走到我床头，把我摇醒，说："快走！有人来害咱娘儿俩！"我把她扶到自己的床上，让她躺下，耐着性子说："妈！外面下雨了，您听岔了吧！快睡吧！别想别的！"她不再说什么，我也就放心回屋睡去了。

没过一会儿，我听见房门悄悄打开了。我以为她是看看窗外屋檐下的火炉，怕炉子被雨浇湿了。可是，过了许久，再听不见门开的声音，我的心陡然紧张起来，忙爬起身来跑到屋外。夜色茫茫，冷雨霏霏，没有一个人影。妈妈到哪儿去了？我的心一下沉落进冰窖里，从来没有那么紧张。我这才意识到事情比我原来想的要坏。我没了主心骨，慌忙拍响街坊张大叔的家门，他的两个孩子一听立刻打着手电筒跑出来，和我兵分三路去寻找。"妈！"我冲着秋雨飘洒的夜空不住地大声呼喊。在北京城住了这么多年，我还从来没有这样可劲响开嗓门喊过。可是，除了细雨和微风掠过树叶的飒飒声外，没有妈妈的回声。我的心像秋雨一样凉，眼泪顺着雨水一起从脸上流下来。

就在我已经毫无希望往回家走时，半路上忽然望见有个人影坐在一个地坡上。走近一看，竟是妈妈！她的屁股底下坐着一个包袱卷。这显然是她早准备好的。我拉她回家。她不回。两位街坊赶来，说死说活，好不容易把她拽回了家。

街坊对我说："肖大妈这样子像是得了精神病呀！你得带她去医院看看呀！"

那是我第一次来到安定医院——当年北京唯一一家精神病院。诊断结果：幻听式精神分裂。

我怎么也接受不了这残酷的现实。妈妈！您从不闹灾闹病，平日常说："你呀，身子骨还不抵我呢！"怎么会闹下这样的病呢？我开始苦苦寻找着答案，夜夜同妈妈一样睡不安稳。父亲去世后，谁能理解妈妈的心呢？她又从来不对任何人诉说自己的苦处，总是默默地忍着，将所有的苦嚼碎了，吞咽进肚里淤积着，直到淤积不了而喷发。老伴、老伴，人老了失去了患难与共的伴该是什么滋味？我才明白老伴这词的含义。而那一阵子，我光顾着忙，有时感到苦闷、孤独，常常跑到朋友家聊天，一聊聊到深夜才回家。有几次为了创作还跑到外地一去几个星期，把妈妈一个人甩在家中。她呢？她的苦闷、孤独，向谁诉说？我没有想到应该好好和她聊聊，让她把淤积的心里的苦楚倒出来。没有。她从不爱讲话，我便以为她没什么话要讲。我只顾自己了，像蚕一样只钻在自己织的茧里。我太自私了！我不知道她心里装的究竟是什么，才使她神经再也承受不了重荷，像绷得太紧的琴弦一样断了……

我第一次感到自己并不了解妈妈。即使再老、再没文化、再忠厚老实的老人，也有自己的思想、情感。仅仅吃饱穿暖，并不是对老人最为挚切重要的关心和爱。

每天三次让妈妈吃药，成了我最挠头的难事。她一直不承认自己有病，尤其反感说她是精神病，最反对我那次带她去安定医院。再让她去说死说活也不去，弄得我没辙，只好自己去医院挂号，把情况讲给大夫听，求人家把药开出，拿回家。见到药，她的话就是："吃哪家子药，没事乱花钱！"我递给她药，她一把扔到地上："我一辈子也没吃过什么药，身子骨不是好好的？"没办法，我把药碾成末放进糖水里，可她一喝还是能喝出来药味，便把杯往旁边一放，再不喝一口。

我只好再想新招,把药放在粥里,再加大量的糖,一定盖过药的苦味,在吃饭时让她把粥喝进去。她喝了。她还从来没喝过这么甜的粥,指着我鼻子说:"你把卖糖的打死了?"

吃完这药,她总是昏昏睡,有时口水止不住流。大夫讲这都是服药后的正常反应。我望着她那样子,揪心一样难受。她老了,确实老了。她像快耗完油的灯盏,摇曳着那样微弱的光,一切都是为了我们啊!在那些难熬的夜晚,我弄不清她究竟在想什么。她总是昏昏睡过之后,睁着被密密皱纹紧紧包围的昏花老眼瞅着我,一言不发地瞅着我……

这是她有生以来第二次吃药。一次是那年吐血后。药力还真起作用,我见她的脸渐渐又红润起来。我以为她的身体又会像那次吐血后迅速恢复过来一样。我忽略了人已经老了十二三岁了呀,而且病也不一样:一个是累的病,一个却是心病呀!

一天下午,我正带着学生下厂劳动,校长突然给我挂来电话,要我立即回家,校长在家等我有要紧的事。我的心一下子提到嗓子眼。校长亲自找我,说明事情的严重性。又是要我立即回家,我马上想到了妈妈!我骑着自行车从郊外赶到家,屋里挤满了人,一时竟看不到妈妈在哪儿。校长迎了出来安慰我:"刚才电话里没敢对你说,你妈妈刚才要跳河,你千万不要着急……"下面的话,我什么也听不清了,脑袋立刻炸开。我赶紧拨开人群,见到妈妈钻进被子躺在床上,脱下来放在地上的棉裤已经湿到腰。"妈!"我叫着,她睁开眼看看我,不讲话。街坊们开导她说:"肖大妈!您看您儿子不是好好的没事?您甭胡思乱想!"然后对我说:"你快给肖大妈找衣服换换吧!"

好心的街坊告诉我,我才知道妈妈的病复发了。依然幻听,依然是恐惧,依然是有人要害我,这一次是听见有人已经在半路上把我害了,她一下失去依靠,觉得无路可走,竟想寻短见。她走到河边,正是初冬，河水瘦得清浅，离岸上有长长一段河堤。她穿着笨重的棉裤没有那大气力走下去，而是坐在堤上一点点蹭下去的。河边上遛弯的人不知她要干什么，待她蹭到河里时，才意识到不好，赶紧跳下去把她救了上来……

我帮妈妈换上一条新棉裤，看见她的腿那样细，细得像麻秆，骨骼都凸凸地显出，格外明显。这么多年，我是第一次看见她的腿，居然这样瘦削得刺目，心里万箭穿透。妈妈！您为什么要这样！小屋里散发着湿棉裤带有河水的土腥味。那一夜，我总想着妈妈蹭到河水中的那一幕。那一刻，她的脑子里想的是什么？她是否已经万念俱灰？是否觉察到另一个世界父亲的召唤？我至今不得而知。我再次责备自己的无能，自己对妈妈缺少理解和关心，自己太大意了！以为病好转了，可这并不是一般的头疼脑热呀！谁能够妙手回春，替妈妈把病治好？我愿意献出自己的一切。

我再次把妈妈送到安定医院。

这次病好转后，我们娘俩谁也再不提这件事。那是一块伤疤，烙印在彼此的心上。每逢路过那条小河，我对它充满恐惧。我十分担心她病情再次复发，曾对妈妈说："要不送您到天津大姐家住一阵日子吧！换换环境有好处！"她不说话，却果断而坚决地把手一摆：不同意。我便再也不提。我知道这是妈妈对我的信赖。我对她说："那您得听我的，还得接着好好吃药！"她点点头。每次吃药，皱着眉头吞下去，但是她要喝好多好多的水，那药就是在嗓子眼里转，迟迟才肯下去，那样子，让我感到像个小孩子。人老了，有时跟孩子一个样。

1978年11月，我考入中央戏剧学院。报到日期到了，我拖到最后一天。那天，我很晚才离开家。妈妈不说话，默默看着我收拾被褥、脸盆和书籍。她不大明白戏剧学院是怎么一回事，反正上大学总是件大事，打我小时候起，上大学一直便是她和爸爸唯一的梦。我是吃完晚饭离开家的，她送我到家门口，倚在门旁冲我挥挥手。我驮上行李，骑上自行车便走了。天刚擦黑，新月升起，晚雾飘散，四周朦朦胧胧。风迎面打来，很冷，小刀片般直往脖领里钻。我骑了一会儿，不知是下意识，还是第六感官的提醒，回头看了看，竟一眼看见妈妈也走出家门和院子，拐到了马路上，向我迈紧了步子。我立刻涌出一股难以言说的感情。我知道，这一夜，我住进学院，她将孤零零守着两间小屋，听着冷风像走得太疲倦的旅人一样拍打着门窗，她会是一种什么心情？儿子再次为自己的前程去挤上大学的末班车，妈妈怎么办？我又像十年前为了自己的前程跑到北大荒一样，把妈妈又甩在一边。只不过那次是知识不值钱这次知识又值了钱，我像被风吹转的陀螺旋转着奔波，妈妈呢？她却一样孤寂地守候着，望着我陀螺般旋转着。这一次，她将要熬四年，四年苦苦地等待。等待什么？等待的是自己头发更花白、皱纹更深、身体更瘦削。我立刻跳下车，推着自行车回向她走去。这一刻，我真想不上什么劳什子大学！她却向我摆着手，不让我折回。我走到她身边，她仍然不停地摆着手。她不说一句话，只是摆着手，那手背像枯树枝在寒冷的晚风中抖动。

到学院报到之后，在宿舍里安置妥当。我睡在上层铺，天花板是那样近，似乎随时都有压下来的危险。我的心怎么也静不下来，像是被风吹得急速旋转的风车。望着窗外高高的白杨树枝不住摇动，我知道风越来越大了，便越发睡不安稳，赶紧跳下床跑出宿舍，骑上自行车一路飞快朝家中奔去。当我敲响房门时，听见妈妈叫了声："谁呀？"我应了声："是我。"屋里没开灯，只听见鞋拖地的声音，然后看见妈妈掀开窗帘的一角，露出皱纹密布像核桃皮一样的脸，仔细瞧瞧外面，认准确实是我，才将门打开。这时，我发现门被一根粗大木头死死顶着。这一刻，我真想哭。我知道，她怕。人老了，最怕的是什么？不是吃，不是穿，不是钱，不是病……是孤独。

这一宿，我没有回学院去住，而是和妈妈又守了一夜。我的心再也放不下，那根粗木头时时像顶在我的胸口上。我经常隔三岔五地从学院跑回家，生怕出什么万一的差错。妈妈看出我的担心，劝我不要这样三天打鱼两天晒网地上课，讲她没事，让我放心。我知道，总这样，我和她都得身心交瘁。我想把她送到天津大姐家，又怕她不去。再说人家也是一大家子人，对妈妈又是陌生的地方，她不愿去是可以理解的。但我实在怕我不在家时出什么意外。犹豫再三，我还是试探着对妈妈讲了。这一次出乎意料，她爽快地点点头，就像上次果断地摇头一样。我知道这都是为了我：在母亲的心中，只有儿子的事最重要，尤其是儿子的学业，是寄托她同父亲一并的期望。为了儿子，母亲能够做出一切牺牲。为了儿子，母亲她七十五岁高龄时又开始奔波，客居他方……

小屋锁上了门。我再回家时，小屋里是冰冷，是灰尘，是扑面而来的潮气。只要妈妈在，小屋便绝不是这样，小屋便充满生气、充满温暖、充满家的气息。哪怕我再晚回家，小屋里也总会亮着灯，远远就能望见，它摇曳着橘黄色的灯光，像一颗小小跳跃的心脏……

七

世上有一部书是永远写不完的，那便是母亲。

我不能再写下去了，那些喃喃自语，只能留给自己听，留给母亲听。

四年后大学毕业，到天津去接妈妈，我同妻子做的第一件事是给她老人家买了件毛衣，订了一瓶牛奶。生活不会亏待善良的人，妈妈的病好了，好得那样彻底，以后再也没有犯过，大姐和我们一样为妈妈高兴。虽然她喝牛奶像喝药一样艰难，总嫌它味太冲，但那奶毕竟使她脸色渐渐红润、光泽起来。生活,像一只历尽艰辛的小船,重新张起曾经扑满风雨的风帆,家中重新亮起那盏橘黄色如同心脏跳动着的灯光。

这几年,我能写几本小书了。那里大都写的是像我母亲一样的普通人。我知道这是为他们,为自己,也为母亲。当街坊或朋友指着新出版书上我的名字和照片高兴地向她夸赞让她辨认时,她会一扬头:"这不是复兴嘛!"然后又说:"写这些行子有什么用,怪费脑子的,一天一天坐在那儿不动地方地写!他身子骨还不抵我呢……"

谁能想到呢?就是这样一个硬朗的身子骨,再没犯过其他什么病的妈妈,竟会突然倒下去,再也没有起来呢?

她已经86岁,毕竟上年纪了。她不是铁打的金刚,身体内各个零件一天天老化、锈损。我知道这一天迟早要来,绝没想到会这样早,这样突然!头一天,她还把自己所有的衣服洗了,连袜子和脚巾都洗得干干净净,然后拣好新买的小白菜和一捆大葱,傍晚时站在窗前看着孙子练自行车,待我回家时高兴地告诉我:"小铁学会骑车了,骑得呼呼往前跑……"谁会想到呢?这竟会是她留给我最后的话语。第二天傍晚,她却突然倒在床上,任我再怎么呼喊"妈妈",却再也答应不了……

母亲去世的第二天清早,我走进她的房间,一眼看见床中间放着四个红香蕉苹果。那是妻子放上的。我不大明白为什么要放上这红苹果,却知道那床再不会有妈妈睡,再不会传来妈妈的鼾声了。我也知道那苹果是前两天我刚刚买来的,新上市的还挂着绿叶,妈妈还来不及尝上一口。我打开她的柜门,看见里面她的衣服一件都洗得干干净净,叠得整整齐齐。仿佛她只是出去买菜,只是出一趟远门。她没有给孩子留下一点儿麻烦,哪怕是一件脏衣服、一条脏手绢都没有!在她人生灯盏的油将要耗尽之时,她想的依然是孩子们!孩子们！什么是母亲？这便是母亲！母亲！

而我们呢？我们做儿女的呢？我们是如何对待自己的父母老人呢？尤其是如何对待像母亲一样忠厚、善良、从来不会讲话又从不多讲话的人呢？每个人的内心都是自己灵魂的审判官。我为此常常内疚，常常想想儿时种种不懂事、少年时的虚荣、对母亲看不起、长大成人后只顾奔自己的前程而把老人孤零零甩在家中，以及自己的自私和种种闪失……我知道，什么事情都会很快地过去，很快地被人遗忘。即使鲜血也会被岁月冲洗干净不留一丝痕迹，在死亡的废墟上会重新长出青草，开出花朵，而忘记以往曾经发生过的一切。我也会吗？会忘记陪我度过三十七个年头，为我们尝尽酸甜苦辣的人生况味的母亲吗？不，我永远不会！我会永远记住她老人家的！

我将那些红香蕉苹果供奉在她的遗像前，一直没有动，一直到它们全部烂掉。

我的老家在河北沧县东花园村。三十七年前，妈妈便是从那儿来到北京，来到我们身边，把我们抚养成人，与我们相依为命的。在乡亲们的关怀和帮助下，我将她的骨灰连同父亲和我亲娘的骨灰一并下葬在家乡的祖辈中间。在坟前，我和弟弟跪在那充满黏性的黄土地上，一起将我们两人合写的一本刚刚出版不久的新书《啊，老三届》点燃着。纷飞的纸灰黑蝴蝶一般在坟前缭绕着、缭绕着……

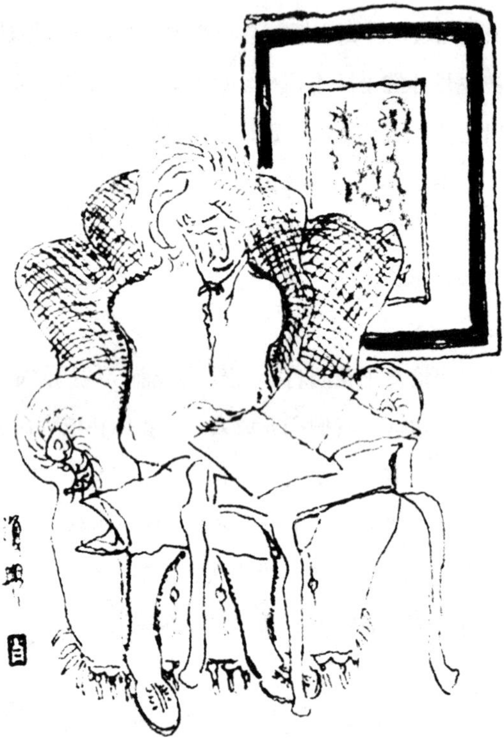

第四辑 父亲和信

只有我现在到了比父亲当时年龄还要大的时候,才会在蓦然回首中,看清一些父亲对孩子疼爱有加又小心翼翼的心理波动的涟漪。

父亲和信

初三毕业的那年暑假,一天晚上,我已经躺在床上睡下了,父亲走进来,轻轻地把我叫醒。睁开惺忪的睡眼,望着父亲,不知有什么事情,都已经这么晚了。父亲只是很平淡地说了句:"外面有人找你。"就又走出了房间。

我大了以后,父亲不再像我小时候那样磨姜捣蒜一样絮絮叨叨地教育我,他知道我不怎么爱听,和我讲话越来越少。初三那一年,我正在积极地争取入团,和他更是注意划清阶级界限,因为他参加过国民党。父亲显然感觉得出来,更是明显地和我拉开距离,不想让自己成为我批判的靶子,当然,更不想影响我的进步。因此,他和我讲话的时候,显得十分犹豫,不知道该说什么才好。最后,索性少说,或者不说。

我穿好衣服,走出家门,看见门口站着一个女同学。起初,没有认出是谁,定睛一看,是我的小学同学小奇。她笑着和我打着招呼。我们是小学同学,她是上四年级的时候,从南京来到北京,转到我们学校的。我们同年级,不同班。第一次见面的情景,立刻在她向我挥手打招呼的瞬间闪现。我们学校有几台乒乓球案子，课间十分钟，是同学们抢占案子的时候，每人打两个球，谁输谁下台，让另一个同学上来打。那时候，我乒乓球打得不错，常常能占着台子打好多个回合。那一天，上来的同学劈头盖脸就抽了我一板球，让我猝不及防，我忍不住叫了声："够厉害的呀！"抬头一看，是个女同学，就是小奇。

小学毕业后，我们考入不同的中学。初中三年，再也没有见过面。突然间，她出现在我家的门前，这让我感到奇怪，也让我感到惊喜。看她明显长高了许多，亭亭玉立的，是少女时最漂亮的样子。

她是来我们大院找她的一个同学，没有找到，忽然想起我也住在这个院子里，便来找我，纯属挂角一将。但那一夜，我们聊得很愉快。坐在我家旁边的老槐树下，她谈兴甚浓。五十多年过去了，谈的别的什么都记不得了，唯独记得的是，她说暑假跟她妈妈一起回了一趟南京，看到了流星雨。我当时连流星雨这个词都没有听说过，很好奇地问她什么是流星雨。她很得意地向我描述流星雨的壮观。那一夜，月亮很好，星光璀璨，我望着夜空，想象着她描述的壮观夜空，有些发呆，对她刮目相看。

谈不上阔别重逢，但少年时期的三年，正是人的模样、身材和心理、生理迅速变化的三年，时间过得很快，回想起来却显得很长。意外的重逢，让我们彼此都有一种异样的感觉。我们就是这样接上火，令我们都没有想到的是，我们的友谊，从那一夜开始蔓延到了整个青春期。

从那个夜晚开始，几乎每个星期天的下午，她都会到我家找我，我们坐在我家外屋那张破旧的方桌前聊天，天马行空，海阔天空，好像有说不完的话，窄小的房间，被一波又一波的话语胀满。一直到黄昏时分，她才会起身告别。那时，她考上北京航空学院附中，住校，每星期回家一次，她要在晚饭前返回学校。我送她走出家门，因为我家住在大院最里面，一路要逶迤走过一条长长的甬道，几乎所有人家的窗前都趴有人头的影子，好奇地望着我们两人，那目光芒刺般落在我们的身上。我和她都会低着头，把脚步加快，可那甬道却显得像是几何题上加长的延长线。我害怕那样的时刻，又渴望那样的时刻。落在身上的目光，既像芒刺，也像花开。

我送她到前门 22 路公共汽车站，看着她坐上车远去。每个星期天的下午，由于她的到来，变得格外美好，而让我期待。那个时候，我沉浸在少男少女朦胧的情感梦幻中，忽略了周围的世界，尤其忽略了身边父亲和母亲的存在。

所有这一切，父亲是看在眼里的，他当然明白自己的儿子身上正在发生着什么事情，又在经历着什么事情。以他过来人的眼光来看，他当然知道应该在这个时候提醒我一些什么。因为他知道，小奇的家就住在我们同一条街上，和我们大院相距不远，也是一个很深的大院。但是，那个大院和我们大院完全不同，不同的原因，从外表就可以看得出来，它是拉花水泥墙，红漆大木门，门的上方有一个浮雕——大大的五角星。这便和我所居住的那种广亮式带门簪和门墩的黑色老门老会馆，拉开了不止一个时代的距离。

其实，这一点，我是知道的，每天上学下学，都要路过那里。但是，当时的我对这一点根本忽略不计。对于父亲而言，这一点，是表面，确实直通本质的。因为居住在那个大院里的人，全部都是解放北京城之后进城的解放军的军官或复员军人和他们的家属。那个被称作乡村饭店的大院，是中华人民共和国成立之后拆除了那里的破旧房屋后，新盖起来的，从新老年限看，和我们的老会馆相距有一两百年的历史。在父亲的眼里，这样的距离是不可逾越的。不可逾越，从各自居住不同的大院就已经命定。我发现，每一次我送小奇到前门回到家后，父亲都好像要对我说些什么，却又都欲言又止。从那时候我的年龄和阅历来讲，我无法明白父亲曾经的顾虑。我和父亲之间也隔着一道无法逾越的距离。

有一天，弟弟忽然问我："小奇的爸爸是老红军吗？"弟弟的问题让我有些意外，我问他从哪儿听说的，他说是在父亲和母亲说话时听到的。当时，我不清楚父亲对母亲讲这个事时的心理。随着年龄的增长，我明白了，我和小奇走得越近，父亲的忧虑就越重。特别是在北大荒插队的时候，生产队队长总是当着全队人说："如果蒋介石反攻大陆，肖复兴就是咱们大兴岛第一个打着白旗迎接蒋介石的人，因为他的父亲就是一个国民党！"

后来，我问过小奇这个问题。她说是，但是，她并没有觉得父亲老红军的身份对自己是多么大的荣耀。作为高干子弟，她极其平易近人，对我十分友好。即使在"文革"期间格外讲究出身的时候，她也从未像一些干部子女那样趾高气扬，喜欢居高临下。那时候，我喜欢文学，她喜欢物理，我梦想当一名作家，她梦想当一名科学家。她对我的欣赏，给我的鼓励，伴随我度过了我的青春岁月。

说心里话，我对她一直充满似是而非的感情，那真的是人生中最纯真而美好的感情。每个星期天她的到来，成为我最欢乐的日子；每个星期见不到她的日子，我会给她写信，她也会给我写信。整整高中三年，我们的通信，有厚厚的一摞。我把它们夹在日记本里，胀得日记本快要撑破了肚子。父亲看到了这一切，但是，他从来没有看过其中的一封信。

寒暑假的时候，小奇来我家找我的次数会多些。有时候，我们会聊到很晚，送她走出大院的大门，我们站在大门外的街头，还会接着在聊，恋恋不舍，谁也不肯说再见。

路灯昏暗，夜风习习，街上已经没有一个行人，安静得像是睡着了一样。只有我们两个人还在聊。一直到不得不分手，望着她向她家住的乡村饭店的大院里走去的背影消失在夜幕中,我回身迈上台阶要回我们大院的时候,才蓦然心惊,忽然想到,大门这时候要关上了。因为每天晚上都会有人负责关上大门。那样的话,可就麻烦了,门道很长,院子很深,想叫开大门,不是件容易的事情。很有可能,我得在大门外站一宿了。

当我走到大门前,抱着侥幸的心理,想试一试,兴许没有关上。没有想到,刚刚轻轻一推,大门就开了。我庆幸自己的好运气,大门真的还没有关闭。我走进大门,更没有想到的是,父亲就站在大门后面的阴影里。我的心里漾起一阵感动。但是,我没有说话,父亲也没有说话。我跟在父亲的背后,走在长长的甬道上,只听得见我和父亲"咚咚"的脚步声。月光把父亲瘦削的身影拉得很长。

很多个夜晚,我和小奇在街头聊到很晚,回来时,生怕大院的大门被关闭的时候,总能够轻轻地就把大门推开,看见父亲站在门后的阴影里。

那一幕的情景,定格在我的青春时代,成为一幅永不褪色的画面。在我也当上了父亲之后,我曾经想,并不是每一个父亲都能做到这样的。其实,对于我和小奇的交往,父亲从内心是担忧的,甚至是不赞成的。因为在那讲究阶级、讲究出身的年代,注定他们的后代命运的结局。年轻的我吃凉不管酸,父亲却已是老眼看尽南北人。

只是,但他不说什么,任我任性地往前走。因为他不知道该如何说,他怕说不好,引起我的误解,伤害我的自尊心,更引起我对他的批判。更重要的是,他知道说了也不起什么作用。两代不同生活经历与成长背景的人,代沟是无法填平弥合的。在那些个深夜为我等门守候在院门后面的父亲,当时,我不会明白他这样复杂曲折的心理。只有我现在到了比父亲当时年龄还要大的时候,才会在蓦然回首中,看清一些父亲对孩子疼爱有加又小心翼翼的心理波动的涟漪。

1973年的秋天，父亲在小花园里练太极拳，一个跟头栽倒，就再也没有起来——他因脑溢血去世。那时，我在北大荒插队，赶回北京奔丧。父亲的后事料理停妥之后，我收拾父亲的遗物。其实，父亲没有什么遗物。在他的床铺褥子底下，压着几张报纸和一本《儿童画报》，那时，我已经开始发表文章，这几张报纸上有我发表的散文，那本画报上有我写的一首儿童诗，配了十几幅图，这些或许就是他最后日子里唯一的安慰吧。我家有个棕色的小牛皮箱子。那里装着我的看家宝贝、父亲的退休工资、所有的粮票布票邮票等等。我想会不会有父亲留给我的信，哪怕是只写几个字的纸条也好。在小牛皮箱子的最底部，有厚厚的一摞信。我翻开一看，竟然是我去北大荒之前没有带走的小奇写给我的信，是整整高中三年她写给我的所有的信。

　　望着这一切，我无言以对，眼前泪水如雾，一片模糊。

又想起父亲

我忽然发现其实我已经好久没有想起父亲了,父亲已经离开我二十七年了。日子过得真快,那一年父亲因脑溢血突然去世在同仁医院里,我从北大荒赶回北京奔丧,正是现在一样落叶纷纷的深秋时节。他没有赶上现在的好时候,如果他能咬咬牙赶上的话,能看到自己当年的照片刊登在和自己工作有着密切关系的税务杂志上,该会感到多大的欣慰。

清贫大半生的父亲没给我留下什么。记得为父亲下葬时,我只找到父亲当年在无数税务报表上盖印过的一枚图章,便在自己的笔记本上印下最后一个红红的印章作为纪念之后,让它随父亲的棺椁一起入土了。

现在想起来,父亲当时最值钱的只有两样东西,一样是他那辆除了铃不响哪儿都响的破自行车,一样是他上班时一直揣在怀里、下班后便挂在墙上当钟使唤的一只英格牌的旧怀表。那时,他就是靠着这两样东西,干他收税的活儿的。自行车是他的交通工具,怀表是他记时的工具。那是他的两样宝贝。小时候,我不知道他是怎样工作的,我也并不关心他的工作,只留下清早他从墙上取下怀表,再推着自行车出门的印象,和天黑时他那辆破自行车老远就响在窗外,然后是父亲进门把怀表从怀里掏出来挂在墙上的印象。这交织重叠的印象就是税务工作留给我的最初的形象。

等到我读中学的时候,有一次到一个同学家去玩儿。这位同学的父亲是北京一家当年最大的食品厂的会计,他告诉我说他认识我父亲,因为我父亲总到他们食品厂去收税。他说我父亲的脾气很拧,一点儿也不随和,任你怎么说,他也不会通融一点儿。当时,我的这位同学的父亲说起我的父亲的时候,语气有些不满。只有到这时候,我才多少清楚父亲的工作是到处收税,我也才多少懂得了一些国家是要靠企事业单位和个人的税收来支撑的。纳税是我们每一个人的义务,收税是父亲永远的工作。从父亲整天忙碌的身影中,我看到了,并也多少体会到了税务工作者的辛苦,有时也会被人不理解。

父亲一生的性格是老实而耿直,有时固执,显得有些迂。后来,我想这种性格对于父亲整天收税的工作,可能是有好处的。别人可以是多种多样的脸孔,他是一种固执的脸孔,才能对付许多想逃税或少缴税的人,才能把收税的工作做好。税务工作需要这样的丁是丁卯是卯,铁面无私。其实,这些都是我长大以后对父亲的理解,当时我太小,不谙世事,并不理解父亲和父亲的工作。

三年自然灾害那时,父亲开始腿浮肿,然后,全身浮肿,最后,彻底病倒了。他再也无法骑上他那辆自行车到处收税去了。他很痛苦,他干了一辈子的收税工作,已经离不开这个工作了。这个工作给他带来麻烦,也给他带来快乐。那时,我和弟弟一个上初三,一个上小学六年级,正是长身体、要饭量的年纪。父亲又病成这个样子,家里的生活一下子紧张了起来。父亲唯一能想到的就是那两样最值钱的东西——旧怀表和破自行车。他只好把它们都送到西单委托商行变卖了。那一天，父亲是走着下班回家来的。那只旧怀表虽然旧些，但一直走得很准，而且一直是父亲上班带上它，下班就把它挂在墙上当我家的钟使唤的，忽然没有了它，空荡荡的墙显得格外寂寞；而没有了那辆破自行车叮当乱响的声音，家里也显得少了好多的生气。

没有这两样东西，仿佛贾宝玉身上的通灵宝玉没有了一样，父亲的身体渐渐垮了下来。我能多少明白，其实他还是挺愿意骑着那辆破自行车到处跑去收税，他毕竟干了大半辈子这样的工作。父亲只好因病提前退休了。

人的一辈子其实过得很快，父亲退休那时，我感到父亲很苍老，现在，我已经到了父亲那时的年龄了。生命的循环，却是以时间的苍老为代价的。我说过，我对税务工作一无所知，但我对税务工作者向来敬重。这源于童年时期父亲留给我的印象。

前几天，为了装修房子到建材市场买瓷砖，几千块钱的瓷砖买了后，卖主不开发票，说是不开可以跟我少要些钱，但我还是坚持要他把发票开了。这点道理我还是明白的，不开发票，他就把税逃了。虽然不开发票我能少花点儿钱，可国家的税收就少了钱。这样做，并不说明我的觉悟有多高，只是因为那一瞬间我想起了曾经收过税的父亲。

清明忆

好多童年的事情，过去了那么多年，却依然恍若在眼前，连一些细枝末节都记得特别清楚。记得父亲为我买的第一支笛子，是一角两分钱；买的第一本《少年文艺》，是一角七分钱；买的第一把京胡，是两元两角钱……那时候，家里生活不富裕，一家五口全靠父亲微薄的薪水维持，为了给我买这些东西，父亲掏出这些钱来，是咬着牙的。因为那时买一斤棒子面才几分钱，花这么多钱买这些东西，特别是花两块多钱买一把京胡，显得有些奢侈。

读初二的那一年，我爱上了读书，特别是从同学那里借了一本《千家诗》之后，我对古诗更是着迷。那时候，我家住在前门，离大栅栏不远，大栅栏路北有一家挺大的新华书店，我常常在放学之后到那里看书。多次翻看后，从那书架上琳琅满目的唐诗宋词里，我看中了其中四本，最为心仪，总是爱不释手，拿起来，又放下，恋恋不舍。一本是复旦大学中文系编选的《李白诗选》，一本是冯至编选的《杜甫诗选》，一本是游国恩编选的《陆游诗选》，一本是胡云翼编选的《宋词选》。

每一次，翻完这四本书后，总要忍不住看看书后面的定价，《李白诗选》定价是一元五分，《杜甫诗选》定价是七角五分，《陆游诗选》定价是八角，《宋词选》定价是一元三角。四本书加起来，总共要小五元钱呢。那时候的五元钱，正好是我在学校里一个月午饭的饭费。每一次看完书后面的定价，心里都隐隐地叹口气，这么多钱，和父亲要，父亲不会答应的。所以，每次翻完书，心里都对自己说，算了，不买了，到学校借吧。可是，每次到新华书店里来，总忍不住还要踮着脚尖，把这四本书从架上拿下来，总忍不住翻完书后还要看看后面的定价，似乎希望这一次看到的定价，会比上一次看到的要便宜了似的。

那时候，姐姐为了帮助父亲分担家庭的负担，不到十八岁就去了包头，到正在新建的京包铁路线上工作，从她的工资里拿出大部分，每月给家里寄二十元钱。那一天放学之后，母亲刚刚从邮局里取回姐姐寄来的二十元钱，我清清楚楚地看见母亲把那四张五元钱的票子放进了我家放"金银细软"的小箱子里。母亲出去之后，我立刻打开小箱子，从那四张票子里抽出一张，揣进衣兜，飞也似的跑出家门，跑到大栅栏，跑进新华书店，不由分说地，几乎是比售货员还要业务熟练地从书架上抽出那四本书，交到柜台上，然后从衣兜里掏出那张五元钱的票子，骄傲地买下了那四本书。终于，李白、杜甫和陆游，还有宋代那么多有名的词人，都属于我了，可以天天陪伴我一起吟风弄月、说山论河了。

回到家，我放下那四本书，非常高兴，就跑出去到胡同里和小伙伴们玩了。黄昏的时候，看见刚下班的父亲一脸铁青地向我走来，然后把我拎回家，回到家，把我摁在床板上，用鞋底子打了我屁股一顿。我没有反抗，没有哭，什么话也没有说，因为我一眼看到床头上放着那四本书，知道父亲一定知道了小箱子里少了一张五元钱的票子是干什么去了。我知道，是我错了，我不该私自拿钱去买书，五元钱对于一个贫寒的家庭来说是笔不小的数目。

挨完打后，我没有吃饭，拿着那四本书，跑回大栅栏的新华书店，好说歹说，求人家退了书。我把拿回来的钱放在父亲的面前，父亲抬头看了我一眼，什么话也没有说。

第二天晚上，父亲回来晚了，天完全黑了下来。母亲已经把饭菜盛好，放在桌子上，我们一家正等他吃饭。父亲坐在饭桌前，没有先端饭碗，而是从他的破提包里拿出了几本书，我一眼就看见，就是那四本书，《李白诗选》《杜甫诗选》《陆游诗选》和《宋词选》。父亲对我说："爱看书是好事，我不是不让你买书，是不让你私自拿家里的钱。"

将近五十年的光阴过去了，我还记得父亲讲过的这句话和讲这句话的样子。那四本书，跟随我从北京到北大荒，又从北大荒到北京，几经颠簸，几经搬家，一直都还在我的身旁。大栅栏里的那家新华书店，奇迹般地也还在那里。一切都好像还和童年时一样，只是父亲已经去世多年了。

父 亲[1]

一

我对父亲最初的印象,是母亲去世之后第二年的清明节。那时,我六岁。一清早,父亲便催促我和弟弟赶紧起床,跟着他走到前门大街。那时,我家住在西打磨厂老街,出街口就是前门楼子。路很近,很快就在前门火车站前的小广场上,坐上五路公共汽车,一直坐到广安门终点站。

广安门外,那时是一片田野。我不知道前面是没有公共汽车了,还是有,父亲为了省钱没再坐。沿着田间的小路,父亲领着我和弟弟往前走。不知走了多远的路,反正记得我和弟弟已经累得不行了。那时,弟弟才三岁,实在走不动了。父亲抱起了弟弟,继续往前走。我只好咬着牙,跟在父亲的屁股后面走。开春的田地在翻浆,泥土松

---

[1] 有删减。

软,脚底上沾了一鞋底子的泥。记忆中的童年,清明节从来没下过雨,天总是湛蓝湛蓝的。在这样开阔的蓝天和返青发绿的田野背景下,父亲抱着弟弟,像一帧剪影,留给我童年难忘的印象。

一直走到了田野包围的一片坟地里,父亲放下弟弟,走到一座坟前,从衣袋里掏出两张纸,然后,"扑通"一下跪在坟前。突然矮下半截的父亲的这个举动,把我吓了一跳。

坟前立着一块不大的青石碑,那时我已经认识了几个字,一眼看见了碑的左下侧有一个"肖"字,一下子猜想到那上面刻的是父亲的名字,而碑的中间三个大字,我不认识,一直过了好几年,我才认识上面刻着我母亲的名字"宋辅泉"。又过了好几年,我才明白母亲名字的含义:父亲的名字叫肖子泉,母亲的名字是父亲起的,是要母亲辅助父亲支撑这个家的。可是,母亲三十七岁就去世了。父亲比母亲大整整十岁,母亲去世的那一年,父亲四十七岁。

这个埋葬着我生身母亲的坟地,除了这块墓碑,再有就是旁边不远有一条小溪,之外,我没有别的印象了。之所以记住了这条小溪,是因为给母亲上完坟后,父亲要带着我和弟弟到这条小溪边来捉蝌蚪。小溪里,有很多摇着小尾巴的蝌蚪,黑亮黑亮的,映着春天的阳光,小精灵一样,晃人的眼睛。那时候,我和弟弟都盼望着赶紧上完坟,去小溪边捉蝌蚪。

那时候,我还不懂事。父亲每年清明都要到母亲的坟前来祭祀,还能理解;让我不可理解的是,父亲每一次来都要跪在母亲的坟前,掏出他事先写好的那两页纸,对着母亲的坟磨磨叨叨地念上老半天,就像老和尚念经一样,我听不清他都念的是什么,只见他一边念一边已经是泪水纵横了。念完这两页纸后,父亲掏出火柴盒,点着一根火柴,把这两页纸点燃,很快,纸就变成了一股黑烟,在母亲的坟前缭绕,然后在母亲的坟前落下一团白灰,像父亲一样匍匐在碑前。

真的，那时候，我实在太不懂事，只盼望着父亲赶快把那两张纸念完，把纸烧完，就可以带我和弟弟去小溪边捉蝌蚪了。

让我更不理解的是，除了清明节来为母亲上坟，到了中秋节前，父亲还要来为母亲再上一次坟。而且，父亲照样是跪在坟前，掏出两页写满密密麻麻小字的纸，念完后烧掉。我当时常想，那两页纸写的是什么内容呢？每一次写的内容是一样的吗？却像是惯性动作一样，每一次来给母亲上坟，父亲都要写这样长的信，念给母亲听，母亲听得到吗？父亲怎么有这么多的话要对母亲说呢？

这样做，打破了常人的习惯。因为一般人都是一年一次在清明节给亲人上坟，不会在中秋节再上第二次坟的。当然，长大以后，我明白了，这说明父亲对母亲的感情很深。但是，在当时，中秋前后，青蛙都已经绝迹，小溪边没有蝌蚪可以捉，又要走那么远的路，我和弟弟对母亲的思念，常常被对父亲的抱怨所替代。特别让我不能理解的是，为了省钱，给母亲上坟回来的时候，父亲常常是带着我们从广安门上车坐到牛街这一站就提前下车，然后，对我和弟弟说："你们是想继续坐车呢，还是走着回家？现在，咱们要是坐车坐到珠市口，一张车票是五分钱，要是不坐车，就用这五分的车票钱，到前面的菜市口，给你们买一包栗子吃。"那时候，满街都在卖糖炒栗子，香味四散，勾我和弟弟的馋虫。我和弟弟抵挡不住栗子的诱惑，选择不坐车，用省下的这五分钱买栗子。

那时候，五分钱能买一包栗子，可是，常常是不到珠市口，栗子就吃完了。我和弟弟还想吃栗子。父亲说："从珠市口坐车，坐到前门，一张车票也是五分钱，你们要是不坐车，就可以用这五分钱再买一包栗子。"我和弟弟当然又选择了栗子。就这样跟着父亲走回了家，不知不觉，天已经黑了。父亲没有吃一口栗子。下一年中秋节前，父亲带我们去为母亲上坟，尽管知道要走那么远的路，一想到栗子，我和弟弟还是很愿意去。

　　现在想想,那时我和弟弟毕竟小,对母亲的印象是很模糊的,对母亲的感情,远没有父亲对母亲的感情那样的深。父亲之所以用这种方法带我们去为母亲上坟,是为让母亲的在天之灵看看我和弟弟。这其实是父亲对母亲的一份感情。只是,我不懂。我更不清楚,父亲和母亲是怎么相爱,又是怎么结婚的,在那些个战火纷飞的日子里,又是怎么样一路颠簸着从信阳到张家口,最后来到北京的。清明的蝌蚪,中秋的栗子,小孩子的玩和馋,和大人之间的感情拉开了距离。一直到父亲去世之后,我也并不了解父亲,更谈不上理解。似乎命中注定,我和父亲一直很隔膜,像是处于两个世界的人。童年母亲坟前对母亲那种模模糊糊又似是而非的感情,和父亲在坟前对母亲毫无掩饰而且是无法遏制的感情,只不过是我和父亲隔膜与距离的一种象征。

　　我只知道,母亲是河南信阳人,长得个子很高,看过我家唯一存下来的她的照片,长得肤色白皙,应该属于漂亮的女人。父亲是在那里工作时,和母亲结的婚。那时,父亲在南京国民政府财政局受训之后,来到信阳工作。1947年,我出生后,父亲先到张家口,又紧接着到北京工作。父亲在北京安定下来,母亲抱着刚刚满月的我,带着我的姐姐随后投奔父亲。因为正是战乱时,张家口站人特别拥挤,母亲带着我们没有挤上火车,只好坐下一班的火车,火车开到南苑时停了下来,停了很久也没有开。一打听,原来上一班火车被炸药炸了。而正在前门火车站接站的父亲,以为母亲和我们都在这列火车上,心急如焚。

　　很多年后,当姐姐对我讲起这件往事的时候,想象着当初的情景,我才多少理解了父亲对母亲的一份感情。战乱动荡的时局中,普通人之间的感情,便显得那样揪人心肺,更容易相濡以沫,弥足情深,所谓聚散两依依。

　　母亲突然的离世,对父亲的打击显然很大。那时,北京刚解放三年，日子刚安定下来不久。只是，那时我太小，难以理解人到中年的父亲的心情罢了。母亲去世不久，父亲就回老家一趟，为我和弟弟娶回一个继母。继母比父亲大两岁，比母亲大十二岁。此外与身材高挑、清秀的母亲不同的是，继母缠足。

那时，我不懂得父亲为什么要娶回我的继母。我不懂得父亲所做的这一切，都是为了幼小的我和弟弟。

孙犁先生读完我的《母亲》一文，知道我小时候生母去世后父亲回老家又为我和弟弟娶回继母的这段经历，来信说："您的童年，无论如何，不能说是幸福的，使我伤感。"然后，又驰书一封特别说："关于继母，我只听说过'后娘不好当'这句老话，以及'有了后娘就有了后爹'这句不全面的话。您的生母逝世后，您父亲就'回了一趟老家'。这完全是为了您和弟弟。到了老家经过和亲友们商议，物色，才找到一个既生过儿女，年岁又大的女人，这都是为了你们。如果是一个年轻的，还能生育的女人，那情况就很可能相反了。所以，令尊当时的心情是痛苦的。"

孙犁先生的信，让我没有想到，因为在我写文章的时候，一直到文章发表之后，都没有曾经想到过一点点父亲当年那样做内心真实的感情，而只是一味地埋怨父亲。孙犁先生的信提醒了我，也是委婉地批评了我。真的，对于父亲，我一直都未理解，一直都是埋怨，一直都是觉得自己的痛苦多于父亲。也许，只有经历过太多沧桑的孙犁先生，对于哪怕再简单的生活才会涌出深刻的感喟吧，而我毕竟涉世未深。我不懂得人到中年的父亲，选择一个比他年纪大的女人，作为我和弟弟的新母亲，是为了我和弟弟。我不懂得孙犁先生所说的父亲"当时的心情是痛苦的"。

当时间和我一起变老的时候，回想童年时父亲带我和弟弟为母亲上坟的那一幕，便越发凸显。父亲跪在母亲的坟前为母亲读信的那一幕,才越发让我心动。可惜,我从来不知道父亲在那两页纸上密密麻麻写的都是什么。但我可以想象得出来。想象得出来,又有什么用呢?人老了之后,才渐渐明白了一点人生,才和父亲有了一点点的接近,付出的却是几乎一辈子的代价。我才明白,在这个世界上,亲人之间,离得最近,却也有可能离得最远。

二

在我的印象中,父亲胆子很小,一直到他去世,都活得谨小慎微,有毒的不吃,犯法的不干,树上掉片树叶都要躲着,生怕砸着自己的脑袋。长大以后,在我知道父亲的这件事情之后,对父亲的印象有所改变。

父亲很年轻的时候,就独自一人离开家乡河北沧县,跑到天津去学织地毯。我爷爷当过乡间的私塾先生,略有文化,他有两个孩子,一个是父亲,一个是父亲的哥哥。和一辈子守在乡下种田的哥哥不同,父亲在乡间读完初小,就想离开家乡。别人怎么劝都不行,他还是来到了天津。天津离沧县一百二十里地,是离沧县最近的大城市。沧县很多人都曾经到天津跑码头,这个传统一直延续至今,现在天津的街头还能碰到不少打工者,操着沧县的口音。想想父亲只身一人跑到天津学织地毯的情景,很像如今那些北漂。尽管时代相隔了近百年,但年轻人的躁动的梦想和盲目的行为方式,基本相似。那时候的父亲,胆子并不小,性格里有很不安分的成分。

我一直在想,父亲为什么曾经会有这样不安分的性格?后来,为什么又将这种性格磨平,乃至变得如此谨小慎微呢?

受我爷爷当私塾先生的影响,父亲读书的时候,爱看一些杂书,特别是章回本的旧小说。我读小学的时候,晚上我和弟弟睡觉前,他常常讲《三侠五义》《施公案》《水浒传》《聊斋志异》里的一些故事给我们听，也不管我们听懂听不懂，爱听不爱听。他也喜欢沧县地区有名的文人纪晓岚的《阅微草堂笔记》，常讲一些他小时候听到的关于纪晓岚的民间传说。一直到现在我还记忆犹新，听他有声有色地说起纪晓岚小时候，有一位从南方来的大官，看见纪晓岚在田里放牛，大夏天的，还穿着一件破棉袄，摇着一把破芭蕉扇，觉得很可笑，就随口说了句："穿冬衣，拿夏扇，胡闹春秋。"纪晓岚回了一句："到北地，说南语，不识东西。"讲完这个故事，父亲呵呵地笑，他故意将"识"说成"是"，然后又对我们讲这里一语双关的意思，讲这个对子里的对仗，对得非常简单，又非常有趣。我和弟弟也觉得特别好玩。父亲去世之后，整理他极其简单的几件遗物，其中有一本旧书，就是《阅微草堂笔记》。

父亲从来没有对我讲过这类文学书对于他的影响，他只是说自己从小喜欢读书，以此来教育我和弟弟要好好读书。所以，只要是我买书，他从来不反对。读小学一年级的时候，他为我买的第一本杂志，是上海出版的《小朋友》，那是一本很薄的画册。以后，我识字多了，他为我买《儿童时代》。再以后，他为我买《少年文艺》。这三种杂志，成为我童年读书的三个台阶，应该说是父亲领着我一步步走上来的。

那时候，我家住的大院斜对门有一家邮局，是座二层小楼，据说，前身是清末在北京成立的第一家邮电所。那里卖这些杂志。跟着父亲到邮局里买这些杂志，成为我童年和少年时代最快乐的事情。我想，以后我能写一些东西，最初应该是父亲在我的心里埋下的种子。父子两代人，总有一些相似的东西，影子一样叠印在彼此的身上，是遗传的基因，也是潜移默化的结果，是上一辈人未曾实现的梦想不由自主的延续。

偶尔一次，父亲对我说，在部队行军的途中，要求轻装，必须得丢掉一些东西，可他还带着这些旧书，舍不得扔掉。其实，说这番话的时候，父亲只是为了教育我要珍惜读书，不小心说秃噜了嘴，无意中透露出他的秘密。当时，我在想，部队行军，这么说，他当过军人，什么军人？共产党的？还是国民党的？那时候，我也就刚读小学四五年级，一下子心里警惕起来。如果是共产党的军人，那就是八路军，或者是解放军了，应该是那时的骄傲，他应该早就扯旗放炮地告诉我们，绝对不会耗到现在才说。所以，我猜想，父亲一定是国民党的军人了。

事实证明了我的猜想没有错。

我家那时有一个棕色的小牛皮箱，我知道，里面放着粮票、油票、布票等各种票据，还有父亲每月发来的工资，都是我家的"金银细软"。有一天，我打开这个小牛皮箱，翻到箱子底，发现一本厚厚的相册和一张委任状的硬皮纸。委任状上，写着北京市政府任命父亲为北京市财务局科员，下面有市政府大印，还有当时北京市市长聂荣臻手写体签名的蓝色印章。这是北京和平解放之后，对于像我父亲这样的国民党政府留下的人员接收时的证明。应该说，没有任何问题，问题出现在那本相册上。那是一本道林纸的厚厚的印刷品，当我打开相册，看见里面每一页都印着一排排穿着国民党军服的军官的蓝色照片。这样的国民党军服，只有在电影里才见过，是那些杀人不眨眼的刽子手才穿的军服。我一下子愣在了那里，小小的心，被万箭射穿。我几乎忽略掉了这本相册下面还压着四块袁大头银圆。

读中学之后，我才渐渐弄清楚了。父亲在天津学织地毯，并没有多长的时间，他觉得这样一天天织下去，没有什么前途，就投奔了在冯玉祥部队当军需官的一位亲戚（这位亲戚后来官居国民党少将，居住并逝世于上海）。父亲不安分的心，再一次蠢蠢欲动。因为他多少有一些文化，在部队里很快得到了提拔，最后当了一个少校军衔的军需官。抗战结束后的1945年,他从部队转业,集体到南京国民政府受训,然后转业到地方财务局,一路辗转,从信阳到张家口到北京。

国民党,还是一个少校军官。这样的一个曾经拥有过的身份,对于我简直像一枚炸弹,炸得我五雷轰顶。

而这样的一个身份,如一块沉重的石头,一直压在父亲的档案里和父亲的心里。

我读初一的时候,已经是1960年。新中国伊始的许多政治运动,如"三反五反""反右"等,都已经轰轰烈烈地过去了。父亲都平安无事,实在是不容易的事。后来,我才发现父亲写的那些交代材料一摞一摞的,不知有多少。父亲对我也不隐瞒,就放在那里,任我随意看。那里有他的历史,有他的人生。有一段时间,我非常好奇,曾经翻看父亲的这些交代材料,有很多都是重复的车轱辘话,在不厌其烦地反复地讲,又要发自肺腑地深刻地讲。食不厌精,脍不厌细一般,不怕交代的琐碎,不怕检查的絮叨。父亲的字写得很小,又挤在一起,像火车站拥挤上车的人群,生怕挤不上车,眼睁睁地看着火车开跑,自己被无情地甩下。那些密密麻麻的钢笔字,有很多已经颜色变浅,甚至模糊,不知道为什么,让我想起父亲带我和弟弟给母亲上坟时,他写的那两张纸的信上密密麻麻的字迹。同样也是不厌其烦反复讲的车轱辘话,同样也是发自肺腑深刻讲的话,却是那样的不同。

读初三的时候,我十五岁,退了少先队之后,要申请加入共青团,首先一条,就是要和家庭划清界限。于是,步父亲后尘,如同父亲写交代材料一样,我不知写了多少对家庭出身、对父亲历史认识的报告,交给团支部,接受组织一遍遍的审阅,一次次的考验。我才知道,写这些材料,不是一件简单的事情。尽管那时我的作文写得不错,但是,这样的材料,远比作文难写,总觉得写得枯燥,心很累。但是,我并没有理解父亲写这些交代材料时真正的心情。那时,我只顾自己的心情，觉得好多的委屈，埋怨自己为什么会摊上这样一个父亲，却难以理解父亲的心情其实是更为复杂、更为疲惫不堪的。

想想，有时候，为了表现出来和家庭划清界限，还要做出一些决绝的举动，对父亲的伤害，就更不知晓了。

记得有一次，我们大院里住的一个在新中国成立以前曾经当过舞女的女人，突然和我们大院的油盐店的少掌柜生下一个私生女。从不多言多语的父亲，在家里和我妈妈悄悄地议论这事，说了句：王婶也不容易，一个女人带着两个孩子，日子怎么过呀！没有想到，这话被我听到了，我当时就反驳他："你站在什么立场上说话？还王婶王婶地叫着？"父亲立刻什么话也不说了，像霜打的茄子，蔫蔫地呆在一旁。那时候，我不懂得上一辈人的历史，也不懂得生活的艰难，只知道阶级的立场，只知道要时时刻刻睁大眼睛，警惕着和父亲划清界限。

父亲的棱角就是这样渐渐被磨平。年轻时候的不安分，本来就是摇曳在风中的一株弱小的稗草，更禁不住一阵又一阵风雨的洗礼。而在这一番番的风雨中，父亲所要经受的，不仅来自时代和社会，也来自家庭。而在家庭中，主要来自为了追求自己前途的我。

年轻的时候，谁没有过不安分的心思和性格呢？不安分，其实就是不安于现状，渴求一种新的生活。年轻的时候，谁不像一株迷途而不知返的蒲公英一样盲目而莽撞呢？我长大了以后，要去北大荒插队之前，曾经和父亲当年一样，没有和他商量，就那样毅然决然地离开了家，父亲当时什么话也没有说，他知道说什么也没有用，眼瞅着我从小牛皮箱里拿走户口本，跑到派出所注销。我离开家到东北的那天，父亲只走出了家门，便止住脚步，连大院都没有走出来。他也没有对我说任何送别嘱咐的话，只是默默地看着我离开了家。

现在想想，我就像父亲年轻时离开老家跑到沧县学织地毯一样，远方，总是比家更充满诱惑，以为人生的理想和前途就在未知的远方。

尽管成长的历史背景完全不同，父子各自的性格以及一生的轨迹，总有相同部分，命定一般地重合，就像父子的长相，总会有相像的那某一点或几点。

以后，看北岛的《城门开》，书中最后一篇文章是《父亲》，文前有北岛题诗："你召唤我成为儿子，我追随你成为父亲。"文中写道："直到我成为父亲……回望父亲的人生道路，我辨认出自己的足迹，亦步亦趋，交错重合，——这一发现让我震惊。"读完这篇文章，我想起了我的父亲，眼泪禁不住打湿了眼睛。

三

父亲不善与人交往，也不愿意交往。每天骑着自行车，上班去，下班回，两点一线，连家门都不怎么出。只有退休之后，每天清晨天不亮就出家门，到天安门广场南面的花园练太极拳，才在大院里多了出出进进的次数。那时候，还没有建毛主席纪念堂，在那个位置一直往南到前门楼子，是一片花园。从我家出来，走十来分钟就到。他到那里练拳，独自一人，面对花草树木和天安门、前门楼子，可以什么话也不用说。不知那时他的心里都想些什么，他从来没有对我讲过，我也从来没有问过。他像一个独行侠，其实，他的身上没有一点儿侠的气质，倒像一个瘦弱的教书先生，尽管他练的拳脚很正规，而且，特意买了一双练功鞋，并在鞋帮上缝上两根带子，系在脚脖子上，以免使劲踢腿时把鞋踢飞。现在想想，自从退休后，那里是父亲唯一外出的地方，远避尘世，有花草树木相拥，那里是他的乐园，一直到去世。

在我的印象中，父亲这一辈子似乎只有一个朋友，便是崔大叔。

崔大叔和父亲是一起在南京受训的时候认识的，然后，两人一起到信阳、张家口和北京，一直都在一个税务局工作。崔大叔和他的妻子都是河南信阳人，我的生母，就是崔大叔两口子做媒，和父亲相识结婚。崔大叔先到北京找到了工作，然后邀请父亲前往北京。母亲带着我和姐姐从张家口来北京投奔父亲，起初没有住处，是先住在崔大叔家的。住了好长一段时间，父亲才在前门外西打磨厂的粤东会馆找到房子，然后才搬的家。有意思的是，父亲带着我们全家从崔大叔家搬出，崔大叔到我家庆祝父亲乔迁新居的那天晚上，两个人都喝多了，一个小偷溜进我家外屋，偷走父亲新买的一袋白面，扛在肩上，大摇大摆地走出我们大院，一路上还和街坊们打着招呼，以至于街坊们都以为小偷是我家的什么亲戚，这成为对父亲和崔大叔的笑谈。

只有和崔大叔在一起，父亲才会喝那么多的酒。一种新生活开始的兴奋，让他们两人都有些忘乎所以。

崔大叔是父亲唯一一个可以无话不谈的朋友。在我渐渐长大以后，父亲的话变得越来越少，几乎成了一个扎嘴的葫芦。因为，在那个阶级斗争的弦紧绷的时代里，他知道像他这样历史有"疟儿"的人，要谨防祸从口出。而且，因为和我越来越隔膜，父亲更是很少对旁人评点我。但是，我知道，他一定对我有他的看法，甚至意见和不满。只有一次，春节在崔大叔家，父亲和崔大叔喝酒时，说到了我，我听见一句："复兴呀，我看他将来当老师！"这让我有些奇怪，因为那时我还很小，刚上小学几年级，父亲怎么就一眼断定我以后得当一名老师呢？

每年过年的时候，父亲都要带着我和弟弟去崔大叔家去拜年。除此之外，父亲没有带我们到任何一家去拜年，足以见得崔大叔对于父亲来说特别重要。记得最清楚的是，每次去崔大叔家的路上，父亲都要教我见到崔大叔和崔大婶以及他家老奶奶的时候问候拜年的话。那时候，我脸皮薄，特别害怕叫人，在路上一遍遍地重复着父亲教给我说的话，让这一路显得特别长。

其实，从我家到崔大叔家很近，过前门，从东南角到西北角，一个对角线，穿过天安门广场，走几步就到了。崔大叔家就住在那里一个叫作花园大院的胡同里。这个名字很好听，让我一下就记住，怎么也忘不了。崔大叔家的大院门前有一棵大槐树，总能够把老枝枯干慈祥地伸向我们。那院子是北京城并不多见的西式院落，高高的台阶上，环绕着一个半圆形的西式洋房，特别是那宽廊檐的走廊和雕花的石栏杆，以及走廊外面伸出几长溜的排雨筒，都是在别处少见的，更是大杂院里见不到的景观。崔大叔就住在正面最大的房子里，里面是一个非常宽阔的大厅，一边一间小房间，全部铺着木地板。那个大客厅，更是属于西式的，中国人一般住房拥挤，哪儿还会弄出一个这么宽敞的客厅来。以后，崔大叔的孩子多了，客厅的两边便搭上了两张床，让孩子们睡在那里。那时，他家的老奶奶，也就是崔大叔的母亲还健在，就住在刚进房门的那一间小屋里。老奶奶总是对我说："你爸你娘带着你，刚来北京的时候，就住在我这屋子里，那时还没有你弟弟呢。"去一次，说一遍。

崔大叔人长得特别英俊，仪表堂堂，很高的个子，戴一副近视眼镜，知识分子的劲头很足。他说话很开朗，特别爱笑，呵呵大笑的时候，仰着头，很潇洒，在"文化大革命"期间，让我觉得很有几分像当时正走红的乔冠华。特别是冬天，崔大叔爱穿一件呢子大衣，从远处那么一看，威风凛凛的，就更像乔冠华了。

很长一段时间里，我对崔大叔并不了解，父亲也从不对我说崔大叔的经历，只是每年要带我和弟弟去给崔大叔拜年。

小时候，我不懂事，只是觉得那一年去崔大叔家，他家好像有了一些变化，到底有什么变化，我又说不清。后来，我仔细想了，是崔大叔没在家。每次去，他都会在家的，他都要烫上一壶酒，陪父亲喝上几杯的。为什么父亲带着我们特意去他家,他偏偏不在家呢?而且,又是春节,难道他不放假吗?

后来,发现父亲不仅仅是春节时带我们去,而是隔一段时间就去一次。奇怪的是,每次去,崔大叔都不在家,这在以前是绝对不可能出现的事情。这让我的疑惑越来越重,也越来越让我好奇。我问过父亲,父亲并不回答我,只是截长补短去崔大叔家,每次去,都和崔大婶在一旁低声说着什么,老奶奶在一旁叹气,咳嗽。

在我的记忆里,大概就是前后这时候,老奶奶去世了。每次再去崔大叔家,因缺少了崔大叔爽朗的笑声,也缺少了老奶奶温和的话语声和一阵阵的咳嗽声,让我觉得这个家不仅缺少了生气,还笼罩着一些悲凉的气氛。那是我十岁左右的事情了,一切雾一样迷离,那样似是而非,那样的遥远并弥漫着轻轻的叹息。

一直到我读了高中以后,我才对崔大叔有了一些认识和理解,那种突然之间撞在心头的残酷现实,让我认识了崔大叔,也让我认识了父亲。在同一个西城区税务局里,崔大叔混得比父亲要好许多,他曾经当过部门的一个小官,而且是一名经济师。但是,出头的椽子先烂,混得好的容易遭人忌恨。1957年,"反右"时,父亲侥幸逃过,崔大叔却当了"右派",被发送到南口下放劳动,一般不允许回家。他和我父亲都是从旧社会里过来的人,在国民党的税务局干过事,加上他爱说,就这样莫名其妙成为右派。

我私下里曾经莫名其妙地涌出过这样奇怪的想法:是不是因为崔大叔人长得气派,也是成为"右派"的一个理由呢?在我小时候的印象里,在电影和小人书里,那些从国民党那里出来的人,都是猥猥琐琐的,或者像项堃演的国民党一样阴险,起码不应该长得这样堂皇。

我记得那时父亲在拼命地写检查材料。在税务局里,一定是谁都知道他和崔大叔非同一般的关系吧?父亲的谨小慎微,态度又极其恭顺，也是他的性格帮助了他，好歹没有跟着崔大叔一起倒霉。父亲所能做的，就是在崔大叔劳动改造的日子里，多去几次崔大叔家，看望崔大婶一家。在我长大以后，回想这一切的时候，就像看一张老照片，拂去少不更事和时光落满的尘埃之后，才渐渐地清晰起来。崔大叔应该是父亲唯一的朋友。在父亲坎坷的一生中，他唯一能够相信，并且能够给他雪中送炭的，只有崔大叔一个人。而在崔大叔蒙难的时候，他唯一能够做到的就是多去几次崔大叔家里看望。尽管父亲所做的这些如同一粒小小的石子投入河中，溅不起多大的水花，是那样的微不足道，但却是父亲平淡乃至平庸的一生中最富有光彩的举动了。起码，父亲没有落井下石，没有将这一块小小的石子砸向崔大叔。起码，在我看来是这样的。

崔大叔大概是由于劳动改造得好吧，没过几年——也许是过了好多年之后，在小孩子的记忆里，时间的概念和大人是不同的，更何况是崔大叔劳动改造那艰难又不准回家的日子，时间一定显得更加漫长吧——便被摘下了"右派"的帽子，又重回到税务局工作。再去他家的时候，又能看见谈笑风生的崔大叔，我们两家的聚会便又显得那样愉快了。父亲和崔大叔多喝了两杯酒，都面涌酡颜了。也是，作为一般人家，图的还不就是一家子平平安安和团团圆圆？但是，他们两人再没有一次像那年父亲搬家后在我家那样喝多过。我想，他们或许年龄已经大了，再不是以前的时候了。

我从没有见过他们在一起交谈过去，不管是他们的伤怀往事，还是他们曾经的飞黄腾达，仿佛过去的一切都并不存在。也许，他们是有意在避讳我们还是孩子，过去的一切毕竟沉重，他们不愿意让那黑蝙蝠的影子再压在我们的身上。也许，他们都相知相解，一切便尽情融化在那一杯杯酒之中了，所谓功名万里外，心事一杯中吧？

"文化大革命"中，我去北大荒，弟弟去了青海油田，崔大叔都是派他们的大女儿小玉来送的我们，一直把我们送上了火车，我们在车窗里掉下了眼泪，小玉在车窗外也跟着哭。小玉的年龄和我一般大，但比我工作得早，她初中毕业就到地安门商场当了一名售货员，那时候，崔大叔正在南口劳动改造。她早早地替家里分忧，担起了生活的担子。我和弟弟离开北京之前的那些日子里，小玉下班后，一趟趟往我家里跑的情景，总让我忘不了。贫贱而屈辱的日子里，两家人的心便越发地紧密，让辛酸中有了一点难得的慰藉。

我们离开北京没多久，她的两个妹妹分别去了内蒙古兵团和山西插队，最小的弟弟参军去了外地。和我家一样，她们家也只剩下了崔大叔老两口。我们再见到他们，只有在回家探亲的时候了。走进花园大院，一种从来没有过的凄凉感，不禁油然而生。坐在客厅里，从来没有显出来是那样的空空荡荡，说话的回音在木地板上跳荡着，让我忍不住把话音放低。

那年的冬天，我从北大荒回来探亲，崔大婶看见我穿的棉裤笨重得很，棉花赶毡都臃在一起。她为我特意做了一条丝绵的棉裤，说我在北大荒那里天寒地冻的，别冻坏了，闹成了寒腿，可是一辈子的事。棉裤做得特别好，由于里面絮的是丝绵，又暄腾又轻巧，针脚分外细密。我接过来，感动得很，一再感谢她，并夸她的手艺好。她叹口气说:"你的亲娘要是还活着，她比我做的活儿好，还要更细呢！"她说这番话的时候，让我从她的眼睛里能够看到对往昔的一种回忆。

父亲去世那一年，我还在北大荒插队，弟弟在青海油田，接到母亲打来的电报，我和弟弟星夜兼程往家里赶。我妈见到我时对我说，崔大叔和崔大婶听说父亲去世后，先来家里看望过了。他们担心老母亲一个人怎么应付这突然到来的一切。我到现在还清晰地记得崔大叔当时对我妈说过的话:"老嫂子，有什么困难，需要我们做的事情，一定要说啊！"每逢想起崔大叔这话的时候，眼泪总会忍不住润了眼角。

弟弟回来后，我们一起去崔大叔家，见到他们夫妇，我和弟弟忍不住要落泪，忽然觉得父亲去世了，他们是我们唯一的亲人了。

以后，我结婚、有了孩子，都曾经特意到崔大叔家去，为的是让他们看看。他们是我父母一辈子唯一的朋友，现在，我们去看他们，也就等于让父母也看见了我们长大了，已经成家立业。他们看见后都很高兴，崔大叔连连地对我们说："好！多好啊，多快呀，你们都大了！"崔大婶则一边抹着眼泪一边说："要是你亲娘还活着，该多好啊！"

似乎是一眨眼的工夫，我们都长大成人，而他们却都老了。从税务局退休后，崔大叔一直都没有闲着，因为有技艺在身，懂得税务，又懂得财务，许多地方都争着聘他去继续发挥余热。后来，他参加了民主党派，还曾经当过一段时间的区政协或人大的代表。晚年的崔大叔，应该是充实的，也算是苦尽甜来，是命运对他的一种补偿吧。有时候，他会想起我父亲，对我说："你父亲是个好人，他要还活着，该多好啊！"我站在他的身边，不知该说些什么。我知道，他是看着我长大的，由于母亲去世得早，父亲也去世了，算一算，我和他接触的时间比父母都要长许多。在他经历的动荡而磨折的一生中，他比我们这一代饱尝了更多的艰辛，但比我们更乐观且达观地看待一切，并始终把他的关爱给予我和弟弟，默默替代着父亲的那一份责任，默默诉说着父亲的那一份心情。虽然，大多的时候，他并不说什么，但我能够感受得到，就像是风，看不到，摸不着，却总能够感受得到风无时无地不在吹拂着我的脸庞。我常常会记得，让我感动，而难以释怀。

我应该感谢父亲，是他让我拥有了这样一位长辈，在父亲不在的时候，填补了父亲的位置。我想，这应该是父亲做人的一种回报吧。

四

我小时候亲眼看到，父亲有三件宝贝。这三件宝贝都挂在我家的墙上。

一件是一块瑞士英格牌的老怀表。父亲从来没有揣在怀里过，却一直挂在墙上当挂钟用。那时候，家里没有钟表，就用它来看时间。我和弟弟小时候，常常会爬到椅子上，踮着脚尖，把老怀表摘下来，放在耳朵边，听它嘀嘀嗒嗒的响声，觉得特别好玩。

一件是一幅陆润庠的字，字写的什么内容，一点儿印象都没有了，只是听父亲讲过，陆润庠是清朝大学士，当过吏部尚书，是皇上溥仪的老师。另一件是郎世宁画的狗，这个人是意大利人，跑到中国来，专门待在宫廷里画画。他画的狗是工笔画，装裱成立轴，有些旧损，画面已经起皱了，颜色也已经发暗，但狗身上的绒毛根根毕现，像真的一样，背景有树，枝叶茂密，画得很精细。

我不知道这两幅字画，父亲是怎样得来的，是什么时候得来的，从字画陈旧且保存不好的样子看，再从父亲喜爱又熟悉的样子看，应该年头不短了。

我猜想，父亲并不是为附庸风雅，或真的喜欢字画。他只是喜欢两幅字画的名气。值钱，使得这两幅字画的名气，在父亲的眼睛里，更形象化。父亲就是一个俗人。在一面墙皮暗淡甚至有些脱落的墙上，挂这样的字画，多少显得有些不伦不类。不过，这种不伦不类，让父亲心里暗暗自得。在税务局里所有二十级每月拿七十元工资，而且始终也没增长的同一类职员里，父亲是得意的，起码，他拥有陆润庠、郎世宁，还有另一位，就是他的老乡：纪晓岚。

墙上的这两件宝贝，常常是父亲向我和弟弟炫耀他学问的教材。

同时，也是父亲借此教育我和弟弟的机会。父亲教育我们的理论就是人生在世要有本事，所谓艺不压身。不管什么本事都行，就是得有本事，像陆润庠不当官了，写一手好字，照样可以活得挺好；像郎世宁画一手好画，在意大利行，跑到中国来也行。父亲常会由此拔出萝卜带出泥，由陆润庠和郎世宁说出好多名人，比如，他会说，同样靠一张嘴，练出本事，陆春龄吹笛子，侯宝林说相声，都成为雄霸一方的能人。本事有大有小，小本事有小本事的场地，大本事有大本事的场地，就怕什么本事都没有，只有人家吃肉你喝汤了。

在我小的时候，父亲并不像我长大以后那样不怎么爱说话，而是话很多，用我妈的话说是一套一套的，也不怕人家烦。

父亲的教育理论中，这种成名成家的思想很严重。我大一点儿的时候，曾经当面反驳过他，他并不以为然，反而问我："不是成名成家，而是说本事大，对国家的贡献就大。你说说，到底是一个科学家对国家贡献大，还是一个农民对国家贡献大？"我回答不上来，觉得他讲的这些也有道理。一个科学家成功制造了原子弹，对国家的贡献，当然比只种出几百斤几千斤粮食的农民要大。但是，在我长大以后，还是把小时候听到父亲的这些言论，当成了反面材料，写进我入团的思想汇报里，在那些思想汇报里，我对父亲进行了批判。

现在回想起来，父亲的这些言论，一方面潜移默化地激励了我的学习，一方面又成为我入团进步的垫脚石。父亲的这些话，一方面成为开放在我学习上的花朵，一方面又成为笼罩在我思想上的乌云。在那个年代里，我的内心其实是有些分裂的。在这样的分裂中，对父亲的亲情被蚕食；对父亲的教育理论，作为批判的靶子，常常冷冰冰地矗立在面前，可以随时为我所用。

父亲教育我和弟弟的另一个理论，也曾经潜移默化地影响着我，那就是他常说的本事是刻苦练出来的。那时，他常说的口头语，一个是"要想人前显贵,就得人后受罪";一个是"吃得苦中苦,才能享得福中福";一个是"小时候吃窝头尖,长大以后做大官"。

如果我考试得了九十九分,父亲就会问我,你们班上有考一百分的吗?我说有,父亲就会说,那你就得问问自己,为什么人家考了一百分,你怎么就没有考一百分?一定是哪些地方复习得不够,功夫没下到家,你就得再刻苦!

父亲教育我和弟弟的方法,就是不厌其烦。父亲的脾气很好,是个慢性子,砸姜磨蒜,一个道理,一句话,反复讲。有时候,我和弟弟都躺下睡觉了,他站在床边,还在一遍又一遍地讲,一直讲到我和弟弟都睡着了,他还在讲。发现我们睡着之后,才不得不停下嘴巴,关上灯,走出屋子。

弟弟不怎么爱学习,就爱踢足球,父亲不像说我一样说他,觉得说也没有用,便由着弟弟的性子,踢他的球。弟弟磨父亲给他买一双回力牌的球鞋,那是那个年代里最好的球鞋,一双鞋的价钱,比一双普通的力士鞋贵好多。父亲咬咬牙,还是给他买了一双。这对父亲来说,是不容易的,在我和弟弟的眼里,他从来是以抠门儿而著称的,很难让他从衣袋里掏出钱来。我读中学的时候,他每月只给我三块钱,买公共汽车月票,就要两元,我便只剩下可怜巴巴的一元钱。过春节的时候,弟弟要买鞭炮,他会说:"你买鞭炮,自己拿着香去点鞭炮,还害怕。你放炮,别人在一旁听响,所以,傻小子才买鞭炮放。"他有他的花钱逻辑和说辞,我和弟弟常在背后说他是要饭的打官司,没的吃,总有的说。

从王府井北口八面槽的力生体育用品商店买回一双白色高帮回力牌的球鞋,弟弟像得了宝,穿在脚上,到处显摆。父亲对他说,给你买了这双鞋,是要你好好练习踢足球,不管学什么,既然学,就一定把它学好!对于我和弟弟,在我们渐渐大了以后,父亲采取的教育策略也相应进行了调整和改变,他不再说那些大道理和口头语。说得好听一些,他是因材施教;说得通俗一些,就是什么虫就让它爬什么树。他认定了弟弟不是学习的料,既然喜欢踢球,就让他好好踢球吧,兴许也能踢出一片新天地。

初一的时候,弟弟没有辜负父亲给他买的那双回力牌球鞋,终于参加了先农坛业余体校的少年足球队。弟弟从业余体校回来,很兴奋地对父亲说:"教练说了,我们练得好的,初中毕业就可以直接升入北京青年二队。"父亲听了很高兴,鼓励他,把足球踢好,也是本事,你看人家张宏根、史万春、年维泗,就得好好练出人家一样的本事!

我家墙上的陆润庠和郎世宁,就这样成为父亲教育我和弟弟的药引子,可以引出无数的说法,变着法儿地说明他的教育理论。

在父亲的心里,有一个小九九,是一碗水没有端平,而是偏向我的。他觉得弟弟学习不成,而我的学习不错,希望把我培养上大学,是他最大的希望。

二十世纪六十年代,我读初中时,父亲突然病了。连年的灾荒,粮食一下子紧张,家里有弟弟和我两个正在长身体的男孩子,粮食就更不够吃,每个人每月定量,在我家,每顿饭要定量,要不到月底就揭不开锅。因此,每顿都吃不饱肚子。父亲和母亲都尽量省着吃,让我和弟弟吃,但仍然解决不了问题。

有一天,父亲不知从哪里买来了好多豆腐渣,开始用豆腐渣包团子吃。团子,是用棒子面包着馅的一种吃食,类似包子。开始的时候,掺一些菜在豆腐渣里,还好咽进肚子里。后来,包的只是豆腐渣,那东西又粗又发酸,吃一两顿还行,天天吃,真有些受不了。可是,父亲却天天在吃豆腐渣,中午带的饭也是这玩意儿,最后吃得浑身浮肿,连脚面都肿得像水泡过一样。单位给了一些补助,是一点儿黄豆。但是,这点儿黄豆,已经远远弥补不了父亲身体的严重欠缺。他开始半休。等他的身体稍稍恢复了以后,他的工作被调整了。

但是,父亲一直没有对我们说,他是怕我们为他担心,也是怕自己的脸面不好看。直到有一天,我发现父亲下班回来没骑他的那辆自行车,才发现了问题。原来,父亲把这辆自行车推进委托行卖掉了。

父亲的那辆自行车,就像侯宝林说的相声里除了铃不响哪儿都响的破老爷车,一直是父亲的坐骑。父亲上班的税务局是在西四牌楼,从我家坐公共汽车,去一趟要五分钱的车票,来回一角钱,父亲的这个坐骑,可以每天为父亲省下一角钱。现在,这个坐骑没有了,他要每天走着上下班了。大约就在这个时候,姐姐来了一封写得很长的信,家里一下子平地起了风波。姐姐想把我接到呼和浩特她那里上学,这样,家里少了一个人的开销,特别是我读中学之后,又想要买书,花费就更大一些。姐姐想用这样的方法,帮助父亲解决一些困难。

我不知道自己的命运会有怎样的变化。心里话,我很想念姐姐,能够到呼和浩特去,就可以天天和姐姐在一起了;只是,离开北京,离开熟悉的学校和同学,我又有些不舍得。而且,到一个陌生的新学校去,又有些担忧,况且我们的学校是一所百年老校,是北京市的十大重点中学之一,姐姐帮助我选择的学校是他们铁路的子弟中学,教学质量肯定不如我们学校。我拿不定主意,就看父亲最后是怎么决定了。

父亲没有同意,他没有像我这样的瞻前顾后,而是以果断的态度给姐姐回了一封信,不容置疑地回绝了姐姐的好意。这对于一辈子优柔寡断的父亲而言,是唯一一次毅然决然的决定。或许,这是父亲性格的另一面,在年轻时的军旅生涯中有所体现,只是那时还没有我,我不知道罢了。

父亲在给姐姐的信中说,他可以解决眼下的困难,还是希望把我留在北京,以后在北京考大学,各方面的条件都会更好些。

姐姐没再坚持。其实，姐姐和父亲都是性格极其固执的人，如果不固执，姐姐不会主意那么大，那么不听人劝，十七岁时就独自一人跑到内蒙古，在风沙弥漫的京包铁路线上奔波了一生。当时我猜想，姐姐一定明白，在父亲的心里，我的分量很重，亲眼看到我考上大学，是父亲一直的期待。姐姐也一定明白父亲的想法，因为她只读了小学四年级，便开始参加工作了，父亲一直笃信自己的教育水平，不会相信她，更不会放心把我交到她的手里。

在我长大以后，我的想法有了改变，我猜想，除了对姐姐的不信任和希望亲眼看到我上大学之外，他的心里一定在想，已经把一个女儿送到塞外了，不能再把一个儿子也送到塞外。在父亲的眼里和懂得的历史中，尽管呼和浩特是一座城市，毕竟无法和首都北京相比，再怎么说，那里也是昭君出塞的地方。

我留在了北京。父亲继续步行，从前门到西四上班。日子，似乎又恢复了平静。只是，粮食依然不够吃，每月月底，是最紧张的时候，面对两个正在长身体的男孩子，父亲和母亲常常面面相觑，一筹莫展。

没过多久，我发现墙上的那块英格牌的怀表也没有了。

又没过多久，墙上的陆润庠的字和郎世宁的狗，也都没有了。

我知道，它们都被父亲卖给了委托行。那时，我妈吐血，为给我妈治病，也为治他自己的浮肿，要买一些黑市上的高价食品，父亲不得不卖掉了他仅有的三件宝贝。

我知道，父亲是希望用这样的方法，补我妈的身体，更为挽救自己江河日下的身体，希望尽快恢复原来的工作。

可是，这三件宝贝没能挽救父亲的身体。黄鼠狼单咬病鸭子，他的身体下滑得厉害，不久又患上了高血压。税务局让他提前退休了。那一年，他五十七岁，离退休年龄还有三年。

退休那一天，我去税务局接父亲，顺便帮助他拿一些东西。这才发现,他被调整的工作,不再是税务局,而是税务局下属的第三产业,生产胶木产品的一个小工厂。在税务局旁边胡同里的一个昏暗的车间里,我找到了父亲,他正系着围裙,戴着一副白线手套挑胶木做的什么电源开关。听见同事叫他的名字,他抬起头来看见我,站了起来,和同事打过招呼之后,和我一起走出车间。我能感到,车间里几乎所有人的目光都落在我和父亲的身上。我不清楚那些目光的含义,是替父亲惋惜、悲伤,还是有些幸灾乐祸?

那一天,我和父亲从西四一直走到前门,一路上,我们什么话也没有说,就这么默默地走在车水马龙的大街上,想象着从新中国成立以后他一直是骑着自行车上班下班来往于这条大街上的。现在,工作没有了,自行车也没有了。我知道,父亲的心里一定很痛苦,一定没有想到他自己会以这样的一种方式,告别了工作,提前进入拿国家养老金人的行列里。他一定不甘心,又一定很无奈。

我一直在想,按照父亲的教育理论,他这一辈子算作是有本事的呢?还是没有本事的呢?如果说没有本事,父亲是凭着初小的文化水平,靠着自己的努力,从国民政府,到新中国成立以来,一直是担当得起这一份工作的。如果说有本事,他却最后沦落到做胶木电源开关的地步,和他原来所学所干的工作相去甚远。他是被身体打败的呢?还是由于身体的原因而被单位借此顺坡赶驴一样赶下了山?父亲从来没有和我谈论过这些,而在那个年代,我也没有能力思考这一切,相反觉得让父亲提前退休,是组织对他的格外照顾。

很久以后,也就是父亲去世之后,税务局工会派一位老人来家里进行慰问。因为这位老人在税务局工作的年头很长,曾经和父亲一起共事,对父亲有所了解。他对我说起父亲,说父亲脾气倔,工作认死理,他去人家单位收税的时候,据理力争,虽然得罪人,但是总能把税收上来。他的话,给我留下的印象很深,但不知为什么,删繁就简,

171

最后没有了收税，只剩下了得罪人。

父亲做事有定力和恒心，退休以后，开始练习气功和太极拳。那时候，因为父亲提前退休，每月只能拿百分之六十的工资，四十二元钱，家里的生活一下子变得更加窘迫，便把原来的三间住房让出一间，节省一些房租。家里就剩下两间屋子，清晨，是父亲练太极拳的时候；晚上，是父亲练气功的时候；雷打不动，无论什么情况，他都能坚持，特别是晚上，不论我和弟弟在外屋复习功课或说笑打闹有多吵多乱，他都会一个人在里屋练气功，站桩一动不动。

父亲的举动，让我很受触动。不仅是他的耐性和坚持，而是由于他的提前退休，让家里的日子变得艰难。我本想读高中将来考大学的，在初中即将毕业的时候，把这个念头打消了，想考一所中专或师范学校，这样可以免去学费，又能管吃住，帮助家里减轻一点儿负担。父亲知道后，坚决不同意，说是砸锅卖铁也要供你上大学。你弟弟不爱读书也就算了，你学习成绩一直不错，绝不能因为我耽误了你！

姐姐知道了这些的时候，每月从她的工资里寄来三十元，说是补齐父亲退休前的工资，一定要我读高中，考大学。

我如愿考上了理想的高中，父亲多日阴云笼罩的脸上露出了笑容。

读高中的时候，我迷上了文学。我常常在星期天的时候逛旧书店。那时候，北京几家有名的旧书店，琉璃厂、东安市场、隆福寺、西单商场……我都去过。西四的旧书店，也是我常去的地方。父亲曾经工作过的税务局，就在书店旁边。路过税务局大门的时候，我想起父亲，想起父亲退休的那一天我来接父亲的情景，心里总会涌出一种酸楚的感觉。我都会暗暗地想，一定好好读书，考上一个好大学，为父亲争光。

我儿子读高中的时候，我曾经带着他到西四去过一趟，西四牌楼早就没有了，过西四新华书店不远，税务局还在，大门依旧。我指着这扇大门对儿子说："你爷爷以前就是在这里工作。"

五

"文化大革命"爆发的那一年，我高三毕业，正准备迎接高考。几乎是在一夜之间，上大学的梦想破灭了。这对于我和父亲，无疑是最大的打击。只是突然降临的大风暴，席卷我们而去，让我们无暇顾及个人梦想在风雨中的落花流水，是那样的无足轻重，又是那样的无可奈何。在"老子英雄儿好汉，老子反动儿混蛋"的对联的疯狂肆虐下，父亲国民党少校军需官的历史，一下子格外彰显，像刻在父亲的脸上，也刻在我的脸上的一块罪恶的红字一样，让我和父亲都抬不起头来。

那时候，我从心里怨恨父亲当时为什么不在天津学织地毯学到底，起码现在我的出身可以算作工人。在"文化大革命"的年代，算是"红五类"。现在，我却沦为了"黑五类"。

所谓的"红八月"中，到处都在抄家，到处都在批斗。身穿绿军装、手挥武装带、臂戴红袖章，被领袖在天安门城楼上接见的红卫兵们，在耀武扬威。在我们学校里，校长高万春不忍红卫兵的毒打，被逼跳楼自杀。从学校回家走的路上，很多大院的门口贴着墨汁淋淋的大字报，说是"庙小神通大，池浅王八多"，叫喊着把什么坏人揪出来示众。好像每个院子里都有坏人，不止一个，各式各样，五花八门。我们大院里最先被揪出来的人，是以前当过地主的后院主人，紧接着是当过舞女的王婶。我的心小把儿紧攥着，生怕哪一天，在大院外的墙上贴着揪出父亲的大字报。每天从学校回家，先要紧张地看看院门口的墙，没有父亲的大字报，才稍稍安心。那一面墙，成为我的晴雨表。

猜想，那时候，父亲的心里一定比我还要紧张。

为了表现积极，父亲主动上交了小牛皮箱里那四块银圆。除此之外，他没有什么可以上交的了。那本南京受训时印有他身穿国军制服的相册，早被他毁掉了。

"红八月"终于过去了，父亲没有被揪出来批斗。我心里的一块石头落了地，便和班上当红卫兵的同学一起，冒充红卫兵去大串联了。当我从广州、衡阳、株洲，然后韶山和南京一路归来的时候，发现父亲和母亲正在院子忙乎接待红卫兵的事情。那时候，很多外地的红卫兵串联到北京，住在我们大院各家里。

在我离开家的这些天里，父亲做了两件事，让我格外吃惊。

一件是居然教会我妈背诵毛泽东的"老三篇"中的《为人民服务》。要知道，我妈是大字不识呀，能够全文一字不差地背诵《为人民服务》，与其说是我妈的奇迹，不如说是父亲的奇迹。在那个疯狂的年代里，什么样的事情，都有可能意想不到地发生。

一件是在我家的柜子和窗台之间，用火筷子在两根很粗的竹子上扎了眼儿，然后连上几块木板，成为书架，前后两层可以放我的一些书本。那时，我珍贵的藏书，有《泰戈尔文集》中的两本，还有就是从1919年到六十年代所有的儿童文学选集。这些书一直放在地上的一个鞋盒子里，现在，终于堂而皇之地有了摆放它们的书架了。弟弟告诉我，这是他和父亲一起做的，竹子是南方来的红卫兵到北京串联走时候留下来的，被父亲废物利用。

一直到现在，我都觉得这是父亲做的最古怪的一件事情，完全和他谨小慎微的性格不符。

这是我家的第一个书架。我有些惊讶，在那个"读书无用、革命唯此为大"的年代里，父亲居然还有心做书架，惦记着我的读书，而且敢于把这些书放在书架上。这是他在"文化大革命"中的得意之作。他从来相信艺不压身，到什么时候读书都是重要的，更何况，这些书确实也不是什么"封资修",见不得人。也许,这是父亲为我做这个简陋书架的心理依据。

这样平静的日子很快就到头了。秋天刚到的时候,我们大院里突然揪斗出一位工程师,说人家是反动权威,这都是院子里新搬来的一个街道"革委会"的积极分子干的。所谓街道积极分子,在那时是一种特别的称谓,更是一种特别的身份。她们大多是家庭妇女,并不是街道居委会("文化大革命"一来叫"街道革委会")的正式工作人员,但因为家庭出身好,又积极为街道居委会跑前跑后干些宣传或收费或节日里站岗巡逻的事,被聘为街道积极分子。这些积极分子中,有不少是热心公益事业的人,但也有不少借此狐假虎威或为方便谋取私利的人。这个"积极分子",就是人们忌恨的狐假虎威者。她找来一帮红卫兵,当天下午在我们大院里开批斗会。她来到我家,找到父亲,要求父亲下午参加大会,并且准备发言批判。我看见父亲在认真地写批判稿,写了好长的时间,密密麻麻的,足足写了有两页纸。其实,父亲和工程师平常没有什么来往,甚至连说话都很少,他对工程师的了解有限,真不知道那批判稿都写了些什么东西。

下午批判会在大院的后院开,那里房前有宽宽的廊檐和几级台阶,正好当成舞台。批判会开始的时候,父亲第一个走上台发言,他身穿一身整齐的制服,激动地抖动着手中那两页纸,像是受惊的鸟止不住纷飞的羽毛。然后,听见他的声音,那声音特别让我吃惊,突然的高八度,一下子非常尖厉。我从来没有听见父亲这样说过话,平常他说话都是细声细语,怎么会突然变成了这样声嘶力竭呢?我知道,他是想表现自己,以划清界限的姿态,想拼命地站在革命阵营这边来。可是,他的声音太刺耳了。我有些替他脸红,没有听完他的批判发言,便悄悄地溜出大院。

父亲如此异常的表现,并没有能够保住自己,他是被那个街道

"积极分子"给耍了。第二天清早,我出门要去学校,看见大门口外面那面墙上贴出了大字报,只有一张纸,但我一眼就看见了父亲的名字,然后看见了国民党和少校军需官的字样,是那样地醒目,飞奔而来的箭镞一样,直射入我的眼睛里。父亲步工程师的后尘,这一天下午,还是在我们大院,要开父亲的批斗会。

我害怕这个街道"积极分子"像找父亲一样,来家里找我写批判父亲的发言稿,然后让我登台发言批判父亲。一整天,我都没有敢回家。我记得特别清楚,上午我去学校,虽然在复课闹革命,但上课没有什么内容,下午就没事了。下午,我坐上五路公共汽车,从前门坐到广安门终点站,再从终点站坐回到前门,来回不停地坐,一直坐到天完全黑了下来,才像丧家犬一样悻悻地溜回大院,回到家里。父亲看到我回来,没有说话,他在找他在税务局工厂发的劳动手套。我猜想,明天,他将和我们大院的工程师、地主和舞女一起,去街道接受劳动改造了。整整一个晚上,谁都没有说话,一盏十五瓦的浑黄的灯下,全家静悄悄的,气氛凝滞了一样,非常压抑。

我不知道,对于这一连两天批斗会上的遭遇,父亲是怎么看待的,我也从来没有和父亲交流过。我只知道我自己,那时的心情非常复杂和慌乱。我第一次看到了人心的险恶,对那个"积极分子"嗤之以鼻。我也第一次看到了父亲的另一面,居然为了保护自己可以这样声嘶力竭。同时,我也是第一次面对自己,害怕父亲被批斗,其实是害怕自己的身份进一步下跌。这样的胆怯,无力面对眼前发生的一切,只有选择逃避。

也就是从那时候开始,我成为"文化大革命"的逍遥派,彻底逃离了所谓的革命的旋涡,就像鲁迅批评柔石小说《二月》中的主人公肖涧秋时说的那样,"衣襟上溅了一点水花,就落荒而逃"。我开始躲在一边,后来又跑到呼和浩特的姐姐家,偏于一隅,埋头在读书之中,尽可能找能找到的书读。而父亲则开始在街道修防空洞，每天干搬砖砌洞年轻人干的力气活。想想，那一年，父亲六十一岁。

第二年的年底，弟弟忍受不了这样压抑的气氛，先报名去了青海油田。又过一年的夏天，我也离开北京，去了北大荒。弟弟和我走的时候，父亲都没有送，也没有分别的一点嘱咐，只是走出了屋门，看着我们走去，连挥挥手都没有，显得是那样麻木。

在很久很久以后，我和弟弟谈起这些往事的时候，才觉得真正麻木的是我们。为了自己，我们那样毅然决然地选择了离开家，而且想离得越远越好，所谓是眼不见心不烦，企图寻找世外桃源，想躲个清静，而把已经年老多病的父亲和母亲毫无顾忌地丢在一旁，丝毫都没有想过，应该和他们一起患难与共，帮助他们度过他们的余生残年。年轻时的我们，被所谓革命的风搞得身心膨胀。其实，更是自私和胆怯，如蛇一样悄悄地爬出心头，在一点点地蚕食着人性中对父母的亲情。

在那场急风骤雨的"革命"中，父亲就是一条落水狗，可以被人任意欺凌。他过去国民党少校军需官的身份，就是他的原罪。庆幸的是，父亲从来都是不多言多语，逆来顺受，任劳任怨地修防空洞，工余的时候，还负责为这些戴罪劳动者读报。所以，他没有被遣送回老家，总算保住了他的老窝。但是，最后他付出的代价是——换出他的房子。在我离开北京的第二年，那个街道"积极分子"对父亲说："你们的孩子都走了，用不了住那么大的房子，应该把房子交给工人出身的人住。"父亲老老实实地交出房子，住进对门院子里两小间矮小的东房里。而那个批斗了父亲和工程师的街道"积极分子"，更是无理地占据了工程师家一间宽敞的正房，给自己的女儿做了婚房。她女儿嫁给一个海军军官，似乎更为她虎上添翼，越发威风起来。

离开北京三年后的夏天，我从北大荒第一次回北京探亲。走进陌生的大院，来到父亲信中说的家门前，一阵心酸。我第一眼看到的是家门玻璃窗前的窗帘,是母亲用碎布一点一点拼接起来的。打开门,被风吹动的那块像小孩褯子布一样的破窗帘,让我脸红。在我不在家的日子里,父母的日子过得这样狼狈不堪,而且被人欺负,不费吹灰之力,便被赶出自己的家门。

那时候,父亲还在修防空洞。母亲去把父亲叫回家。父亲看见我一脸被霜打的样子,很清楚我想的是什么,对我说:"没被扫地出门赶回老家就是万幸。窝还在,你们回来探亲,还有个家。"他轻描淡写的话,却说得我心里不是滋味。说着,父亲让母亲赶紧拿出瓜子和花生给我吃。母亲从床下拿出一个笸箩,里面盛满了葵花子和带皮的花生。那时候,只有过春节每户才有半斤花生和瓜子可以买到。父母不舍得吃春节买的花生、瓜子,一直留到现在。过去了都已经半年了,瓜子和花生放得都有些哈喇味儿,但是,我还是装作挺好吃的样子咽进肚子里。

第二天,父亲又去修防空洞了。现在,父亲参与修的这个防空洞还在,成了可以供人们参观的人防工程,长且宽敞的防空洞,成为前门地区的一道景观。父亲却早已经不在了。那个防空洞的洞口就在街道办事处旁边,每逢路过它的时候,我都会想起父亲,也会想起批斗过父亲和我们大院工程师乃至舞女的那个街道"积极分子"。人生的遭际,在历史的跌宕中有阴差阳错的选择;人心的险恶,在时代的动荡中有不由自主的表现,像排泄粪便一样忍无可忍。前者,其实更多是出于个人生计的选择;后者,则更多是人性潘多拉盒子的乍开。我相信,每个人的心里都不会鲜花一片,只是,有的人不让或者少让心里藏着的魔鬼出来,而有的人愿意让魔鬼趁机出来兴风作浪,浑水摸鱼。父亲显然属于前者。

六

一年多以后，也就是 1972 年的冬天，我再次从北大荒回北京探亲。可能是一年多年前回家时那个破窗帘对我的刺激太深，这一次回家，我想应该为父母做一点儿什么。

那时候，我的思想还处于阶级斗争理论的笼罩下，尽管已经松动，但脑子里还有阶级斗争这根弦，就像风筝还被线拽着。因此，我的这个念头，其实也是在矛盾中时起时伏。有时候，我会想，毕竟父亲当过国民党的少校军需官，国民党，是共产党的敌人，即使父亲被改造好，已经不会站在敌对的阵营里，但也不属于无产阶级阵营里的呀。有时候，我又会想，父亲真的就是在电影和小说看到过的那种凶神恶煞的国民党吗？怎么看都不像。从我记事开始，父亲都是唯唯诺诺的，见谁都客客气气，走路都怕踩死蚂蚁，街坊们对他一直很友好。即使"文化大革命"开始，即使沦落到修防空洞了，除了那些街道"积极分子"直呼过他的名字，街坊们见到他，也还是客气地叫他肖先生。不过，我想，国民党是很狡猾的，会伪装的，也许，这只是父亲一种伪装出了的假象。

这是当时我真实的心理活动。按下葫芦起了瓢，自己跟自己较劲，打架。

我回到家之后，弟弟先给我寄了点钱，那时，他在青海油田当工人，有高原补助，工资高。弟弟来信说，让我用这钱给父亲买点儿好酒喝。我和弟弟都知道，父亲一辈子就爱喝点儿小酒。父亲的酒量不大，可能年轻的时候酒量大些，这时候，一天只在晚上喝一次，八钱的小酒杯，他能喝一杯，却只喝半杯浅尝辄止。一瓶二锅头，可以喝半个月。但是，父亲喝酒，有自己的规矩，就是不管天冷天热，都得把酒烫上。他的理论是，冷酒伤身。记得我和弟弟小的时候，父亲每次喝酒时，把酒烫在开水碗里，烫好了，先不喝，而是把酒往桌子上先倒一点儿，然后划着一根火柴，在酒上一点，酒立刻燃烧起一团淡蓝色的火焰，蛇一样蠕动着，特别好看。然后，他会用筷子蘸一点儿酒，让我和弟弟一人尝一口，常常惹得我妈说他，小孩子家的，喝什么酒。我和弟弟被酒辣得大叫，父亲端着酒杯呵呵地笑。那是一家子最开心的画面了。

弟弟在我之前回北京探过一次亲。那时，他买来了好多瓶名酒，给父亲喝，看到父亲难得地高兴，难得喝得酡颜四起，便让我照方抓药，告诉我到哪里能买到这些名酒。拿着弟弟寄来的钱，我到弟弟指定的商店，买回来好几瓶名酒，有五粮液、古井贡、竹叶青，还有一瓶三花酒。这后一种酒，是我自作主张买来的，当时看到三花酒出产地是桂林，早就在贺敬之的诗中知道桂林山水甲天下，一直很向往，虽然没有去过，买一瓶酒回来尝尝，也像是去过那里一样。

回到家，我找到几个酒杯，把每一种酒倒上一点儿，分别用开水烫好，让父亲每种酒都尝尝。看到父亲坐在桌旁，望着这一杯杯的酒，在灯下泛着光，他的眼睛里也放着光，像小孩子一样的兴奋，然后，依次端起酒杯，眯缝上眼睛，每杯抿上一小口，美滋滋地品味着。那一刻，真有点儿六根剪净，万念俱灭，所有的日子，都融化在这一杯杯酒中了。

父亲抿完三花酒，特别对我说："这种酒我从来没有喝过。"我问他味道怎么样？他说不错，比五粮液柔和，有股甜味儿。我就又给他倒上一杯三花酒，也给自己倒上一杯，然后和他碰碰杯，一饮而尽。他说我，酒哪有这么喝的，得慢慢地品。我看着他慢慢地品着，忘却了曾经发达或耻辱或悲凉的一切。

那情景，让我感到，父亲就是一个俗人，简直就像一个农民，一点都不像小说和电影里看到过的国民党坏蛋。

他已经是被共产党改造好了。我在心里这样安慰自己说，让自己找到一种重新看待并对待父亲的依据。或许，在那一刻，无法泯灭的亲情，还是无可救药地占了上风，一种千古至今绵延存在无法剔除的人性中柔软的东西，让再冰冷的石头也能融化了吧？

那时候，电影院里正在上演朝鲜电影《卖花姑娘》。对于一演再演的《地道战》之类的老电影，这是一部新电影，演员演得好，里面的歌唱得也好听，特别叫座。我到大栅栏的大观楼电影院，买了三张电影票，请父母一起看这部电影。我妈没有显出多么地高兴，父亲却很兴奋。他已经好多年没有看过电影了。这部《卖花姑娘》，他在报纸上看过介绍，知道是一部很好看的电影，心里很期待。

我第一次看电影，还很小，没有上学的时候。是父亲带着我去看的，在长安街上的首都电影院，是他们税务局包场发的电影票，看的电影是《虎穴追踪》。而我带父亲看的第一次电影，已是父亲老的时候了。这一年，父亲六十七岁了。

坐在电影院里，看着父亲的侧影，忽然想起往事，心里有些愧疚。记得好几年前，大概是1961年年初的寒假，也是在这个大观楼电影院，那时它被改造成北京唯一一座立体宽银幕电影院。那时，演的电影是《魔术师的奇遇》。因为不仅是宽银幕，还是立体电影，进电影院后，要先发一副特殊的眼镜，看电影的效果才是立体的，如果是水流就真的像是向你流过来一样，浪花能溅湿你的衣服似的。所以，特别吸引人。排队买电影票的人非常多，我和弟弟一起去买票，排队的队伍像长蛇一样，都排到门框胡同了。可是，我和弟弟没有为父母买票。

年轻的时候，真的有很多幼稚和自私，表面上是为了革命，其实，心里想着的是自己，甚至可以是和自己没有任何关系、八竿子都打不着的人，比如那时叫喊着要解放世界三分之二受苦受难的人民，却很少想到关心一下身边的父母。尤其是对于当过国民党少校军官的父亲，更是理所当然地冷落在一旁。这样做，没有觉得有什么不妥，相反觉得是阶级立场应有的表现。

年轻的时候，真的还有非常可笑的时候。《卖花姑娘》，现在来看，这是一部很会煽情的电影，卖花姑娘悲惨的身世和故事，让很多人感动，当时的电影院里嘤嘤的哭声一片，有人甚至说，看《卖花姑娘》之前，得带一块手绢。那天，我看电影时擦完眼泪之后，我瞥了一眼坐在身边的父亲，忽然发现他也在掉眼泪，在用手不停地擦着眼角。我心里在想，他是一个国民党呀，怎么国民党也会为贫苦的百姓掉眼泪呢？当时的我，就是这样可笑。那一年，我已经二十五岁。难道还是一个小孩子吗？却比小孩子还要可笑。

隔了几天，我就要回北大荒了。我想在我离开北京之前，带父母看一次京剧。因为我知道，父亲很爱看戏，小时候，他常常带我到鲜鱼口的大众剧场看评戏。我看的第一个评戏《豆汁记》，就是父亲带我看的。只是那时，除了样板戏，没有什么戏可演。我便在离家不远的广和剧场买了三张《红灯记》的京剧票。看戏的那天晚上，天下起了大雪。鹅毛般的大雪，没有阻挡住父亲的看戏的热情，他和我妈相互搀扶着，跟着我来到了剧场。我特意带他们出来的时间早些，是想带他们先去离广和楼一步之遥的全聚德吃顿烤鸭。我和弟弟每次回京探亲的时候，都会去全聚德吃烤鸭，打牙祭解馋，却没有一次带父母去吃过，顶多带回一点儿吃剩下的烤鸭片。因为心里的愧疚，很多以前自己的不是，便都像沉在水底的鱼一样，一条条地浮出了水面，每条鱼都张着嘴，在咬噬着我的心。

马上就要离开北京了，心里这种希望弥补的愧疚，越发沉重。真的，那是我有生以来第一次对父母涌出来的愧疚之情。特别是看到父母一天天见老,这种滋味更不好受,更折磨自己的心。父亲生我的时候,年龄很大,已经是四十二岁了。而妈妈比他大两岁,比我的生母大十二岁,那一年已经六十九岁了。他们真的老了。而作为两个儿子,都在那么远的地方,一个在北大荒,一个在柴达木。遥远得让我觉得像是一声长长的叹息。

我所能够做的,就只有这一场《红灯记》和这一顿烤鸭了。

那一天的大雪下的时间很长,一直到戏散了,雪还在下。纷纷扬扬的雪花中,父母相互搀扶着,一身雪花,蹒跚在西打磨厂街上的情景,成了一幅画,总在我的眼前晃动。那画面,让我感到更多的是心酸。因为我这一辈子,只为父亲做过这样一件稍稍可以让他感到有些安慰的事情。在以前我生活的二十五年时光里,我没有为他做过一件事情,相反,却做过很多和他毅然决然划清阶级界限的无情事情。父亲好像从来不是作为我的生身父亲存在我的生活中,而是作为敌对的阶级,作为了一个我需要铁面无私审判的政治符号,存在于我写过的那些申请入团的思想汇报中。

落地无声的大雪,掩盖了街道上的坑坑洼洼,以及落叶、垃圾、泥污等所有的肮脏。那一刻,眼前的一切,平坦、洁白得像一个童话里的世界。

那时候,我读过并背诵过苏轼的诗句:"人生到处知何似,应似飞鸿踏雪泥;泥上偶然留指爪,鸿飞那复计东西。"但是,那时我并没有读懂。现在想来,我和父亲,谁是飞鸿,谁又是雪泥呢?在我人生二十五岁以来很长的一段时间内,我是把父亲视为雪泥的,他被当时的时代和社会无情地踏在泥中,也是被我无情地踏在泥中。而我把自己却看作飞鸿,要去远方展翅飞翔,不计东西。那时候,语录里说的是:"广阔天地,大有作为。"那时候,歌里唱的是:"雄鹰展翅飞,哪怕风雨狂。"

七

　　第二年，也就是1973年的夏天，我再一次从北大荒回北京探亲。那时候，我已经有了女朋友，正在恋爱。她是天津知青，和我前后脚从北大荒回来探亲，我们两人商量好了，等我回到北京之后，她从天津来我家一次，我们一起去呼和浩特看我姐姐，然后再去天津到她家看看，最后一起乘火车回北大荒。这样的行程安排，是想让双方家长都看看，就像定亲一样，事情就这样定下来了。那时候的爱情，简单却不带任何杂质，纯净得像没有污染过的蓝天白云。

　　女朋友从天津动身的时候，我和很多一起到北大荒插队又正好一起回北京探亲的知青，到北京火车站接她。人很多，阵势很是浩大。女朋友下了火车，吓了一跳，没有想到居然这么兴师动众。我心里很清楚，这些伙伴是为我好，生怕女朋友第一次来我家，看到浅屋子破房那么寒酸，一下子失落，无所适从，甚至最后无法收拾。

　　这一列队伍浩浩荡荡，簇拥着女朋友走进我家大院，来到我家门前的时候，我注意到，尽管我的女朋友心里早有思想准备，但眼前所出现的破败和凋零，还是让她大吃一惊。不过，她是个懂事而且善解人意的女孩子，并没有把内心的惊讶表现出来，露出的依然是平常常见的笑容。那一年，她二十三岁，是一个女人最好的年华。

　　那么多人簇拥着一个年轻的姑娘，我家那两间小房根本无法挤下。大家都站在院子里说说笑笑，引来了街坊四邻好奇的目光。我家来的这些人中，主角是谁，很快就被他们捕捉到，聚光灯一样的目光都集中在我的女朋友身上。我看她倒是没有被这聚光灯照得有什么异样，和我妈以及大家亲热、轻松自如地聊着天。

　　让我多少有些奇怪的是，家里只有我妈在家。我问我妈我爸哪儿去了,她告诉我:"给你买东西去了。"正说着,父亲拎着一网兜水果,已经走进院子,看到这一帮人,和大家打着招呼。大家立刻都闪到一边,像忽然抖开的一幅扇面,亮出中间一个空场,把我的女朋友亮了出来。

这是父亲和她第一次见面,也是唯一一次见面。我已经忘记这样唯一的见面,具体是什么情景了。在一片嘈乱中,我只记得父亲没有进屋,就在院里的自来水龙头前接了一盆水,把网兜里的水果倒进盆中洗了起来,然后让大家吃水果。不知道为什么,那天见面的这个情景,让我记忆犹新,至今回忆起来,还像是发生在昨天一样。我记得是那样地清楚,父亲买的水果不多,几个桃、几个梨,还有两串葡萄。而且,我清晰地记得,一串是玫瑰香紫葡萄,一串是马奶子白葡萄。

我无法解释清楚,为什么这些水果,特别是那一串紫葡萄和一串白葡萄,这么多年过去,还会如此水灵灵地出现在我记忆中?

现在想来,可能因为这是父亲留给我最后的一点印象了。尽管当初我无法预测未来,根本不会想到这是父亲留给我的最后印象。但是,生命的轨迹,总会神不知鬼不觉地显现在父子的亲情之中,在命运的冥冥之中。那是一种生命的感应,即使你当时迟钝得没有察觉,但那已经像一粒种子,悄悄地落入你的生命中,落入你的忆中,在以后的日子里生根发芽,忽然有一天让你触目惊心,叹为观止。

非常奇怪,在梦中我常梦见我妈,却很少梦见过父亲。前年夏天,我在美国儿子家小住,一天夜里,居然梦见了父亲,这几乎是父亲去世之后唯一的一次和父亲在梦中相见。父亲的样子很清晰,与我童年、少年和二十多岁见到他时是一个样子。他穿着一身粗衣粗裤,紧紧地握着我的手,在跟我说着什么。但是,说的什么话,我一句也听不清。梦做到这儿,我醒了。屋外雷雨大作,而楼上一岁半的小孙子正在哇哇啼哭。

很多天,这个梦一直缠绕在我的脑子里,我百思不得其解。我不明白，这个梦昭示着我什么。父亲究竟在和我说什么呢？是埋怨我当年对他无情的批判呢，还是述说当年辛酸中难得的温馨？还是嘱咐我他的处世箴言？……

同时，为什么那一夜突然雷鸣电闪？而且，恰恰那个时候，小孙子也醒了，不停地啼哭？或者，是生命的又一个循环吧，纵使我的儿子都没有见过他的爷爷，小孙子就更无法见到他的祖爷爷了。但是，血脉的延续，生命的轮回，基因的遗传，是命定的。无论是我、是我的儿子，还是小孙子，我们都生活在他的影子里，生活在他的足迹中。所有的不幸也好，幸运也好；所有的错误也好，正确也好；所有的醒悟也好，愧疚也好，我们都一起经历过，并在那雷鸣电闪中给我们以醒目的警示。

只是，那一夜的梦，以及对梦的认知，我再无法对父亲诉说。

我知道，其实，父亲一直在我心里，不仅是一个念想、一个回忆，更是一根刺，刺痛我的心，永远无法从心头拔出。

就是那个夏天我带我的女朋友回家，深深地刺激了他。对于父亲，带给他是美好，也是痛苦。他当然希望儿子有女朋友，但是，他知道，他的儿子有了女朋友，会在北大荒结婚成家，就再也回不来了。当时，对于未来，他是悲观的。"文化大革命"不知道何时才能到头，而他的身体已经每况愈下。

其实，那时候，知青返城之风，已经起于青蘋之末，先行者，开始通过走后门参军，或办理困退病退，回到了北京。只是，这一切对于父亲而言，显得那样遥不可及。他没有这个能力了，因为他自顾不暇。偏偏这时候，我姐姐给父亲写来一封信，说别人家的孩子都已经从农村办回城里，你们老两口身边无一个子女，是符合知青返城政策的，你应该去街道办事处问问。就是街道办事处的"积极分子"整的他，一提起街道办事处，他就心里发酸，打哆嗦。

姐姐的信，是压垮父亲的最后一根稻草。拿着姐姐的这封信，他不知道找谁去诉说，去求教，只能憋在心里，负担越来越重。我离开北京一个多月之后，正是秋收的日子，我正在地里收豆子，一封电报传到我的手里——父亲脑溢血去世。清早，他照例去天安门前的那个小花园练太极拳，突然一个跟头倒下，就再也没有起来。

我和弟弟，还有姐姐星夜兼程赶回北京。父亲躺在同仁医院的太平间里，眼睛还没有合上。他是死不瞑目呀。姐姐用手轻轻地合上了他的眼睛。

父亲的一生，就这样结束了。我不知道该如何评价他的一生。我只知道，在他的一生中，起码有二十多年是屈辱的。在这些屈辱中，有许多是时代和历史使然，却也有一些是我添加给他的。我无法向他请求原谅。我也无法原谅自己。

不到半年之后，我从北大荒办回北京，在一所中学里当高中语文老师。命运，真的让父亲一语成谶，我到底还是当了老师。第一天上班，找到那所偏僻的学校的时候，我在心里对父亲说，你为什么就不能再坚持一下呢？你为什么就不能等我回来呢？

又过了两年，"四人帮"被粉碎了。一切，并不像想象的那样好，但也不像想象的那样坏。在时代的变迁中，在生命的轮回中，曾经被风雨压弯的再弱小的草芥，也可以重新伸展起腰身，然后回黄转绿。

有一天，下班回到家，一位漂亮的年轻女警察，突然也前后脚地来到我家。我很奇怪，为什么警察光临？对于一个曾经长期担惊受怕的家庭而言，警察的出现，让这个家的气氛一下子凝固。我看见我妈有些惊讶，以为出了什么事情。我让女警察坐在我家唯一的椅子上，她很和蔼地问我："'文化大革命'中，您家是不是上交过四块银圆？"我点点头，那是父亲干了好多年少校军需官留下的唯一财产。她接着说："现在清理'文化大革命'中上交的这些东西。要落实政策归还原物，没有原物的，要照价赔偿。您家呢，这四块银圆，要给您四块钱。"说着，她从包里掏出四块钱，并让我在签收单上签字。

这四块钱，连同父亲去世后税务局给予抚恤金和补发的半年工资五百元，我一直存在家附近崇真观的银行里，那里离家很近，父亲一抬脚就到，他在世的时候，如果有钱，也是存在那个银行里的。一直到多年以后，崇真观被拆，银行被取消，才把这钱取出转存别的银行。我不敢花这个钱，这是父亲为我留下的唯一的财产。虽然不多，却带有他生命的温热。

粉碎"四人帮"后一年多，即1978年的春节，我和女朋友结婚。我们没有举办婚礼，只是请了几个朋友，姐姐派来她的女儿，用她一个多月的工资，买来了一条内蒙产的纯羊毛毛毯，送给我。晚上的时候，我们一起在家中和我妈吃了顿饭。白天，我到街上买了一点儿菜和两瓶酒，其中一瓶是三花酒。那曾经是父亲爱喝的一种酒，他说这酒很柔和，有股子甜味儿。

有这瓶酒摆在桌上，父亲好像也在了。